我的心，停在最想念的時光

琹涵——著

目次

8 自序

part 1 我想念的時光

15 與春光對飲
17 像花一朵
18 等待花開
21 聽見花開的聲音
22 窗臺上的花
23 跟花做朋友
24 夜裡的微風
25 帶著朝陽與晨露
27 當時年紀小
28 安靜的小女生
30 點點星光
32 走在霧中
33 青春
34 為生命注入美麗的養分
35 有如微風吹過草原
36 秋天

37 誰不愛秋天？
38 黃昏美景
40 圍巾
42 訴說
43 聽風的輕歌
44 誰能
45 一片落葉
46 相思樹下
47 那條小徑
48 一棵芬芳的樹
50 幸福的此刻
51 從現在開始
52 心靜的時刻

55 那麼，此刻呢？
56 也是一種幸福
57 每個日子都是唯一
59 人生只是一瞬
61 哭與笑
63 美麗的未來
64 美好的世界等著你
65 山水之訪

part 2 我想念的人

70 筆盒
73 意自悠然

74 荔枝
76 不同的母親
78 近鄉情怯
80 生與死
81 流浪的夢
82 遠方的夢想
84 遠方
85 與你同行
86 最好的與最適合的
87 溫柔的心
88 承擔
89 應該被留在過去
90 記憶裡的身影

92 將你時時放在心上
93 溫暖的記憶
95 流年似水
97 同學會
98 開放的心
100 小確幸
101 對的位子

102 畫裡的花
104 有時，殘缺也是一種美
106 只在呼吸之間
107 好好的活著
109 最美的期望
111 這樣的天氣
114 沉默裡的思量
116 不可預測
117 一場意外
118 不重蹈覆轍
119 找回真正的自己

part 8

我想念我的心

130 做別人的天使
132 善良的美質
133 隨遇而安
134 獨一無二
135 從心開始
136 心是一畝田
137 種植思念

138 寧靜的心
139 在平靜中
140 平靜的力量
141 如果擔心有用
142 心中的雲
144 坐看雲起
145 雲來雲去
147 當白雲走過
148 看一朵雲的飄過
149 心如天空
150 像天空一樣的寬闊
151 天空無際
152 心中自有遼闊的天地
153 太陽雨
154 星光燦爛
155 你謝天嗎？
156 猜疑
157 給一個微笑

158 打開快樂的窗
160 快樂何處尋？
162 幸運天使
163 即使只是一朵小花
164 記得微笑
166 舞臺
168 一盞小燈
169 擦洗
170 簡單的哲學
171 簡單的想法，也是幸福
174 其實，你可以
175 學會放下
176 如果有一個心願
177 夢想
178 寫給世界的情書
179 孤寂
180 想開，就沒事了
181 隱藏的祝福
182 水的力量
184 高山與低谷
186 如果走錯了路
188 生活音符
190 賞心樂事

自序

想念的心，永遠最美

韶光流逝，我終究走過了許多日子。

從懵懂到長大，從稚嫩到成熟，可以馳騁職場，可以奉獻所學。我清楚地知道，如果不是由於那許多的愛和疼惜，我無法成為今日的自己。為此，我的心中滿是感激。

還是愛讀書，有一天，我在書上讀到：到來都是淚，過去即成塵。

將要到來的日子充滿了眼淚，過去的日子都成了塵土。

多麼耐人尋味。到底，那淚是怎樣的淚？悲欣交集？血淚交織？那塵土又是怎樣的塵土？昔日的繁華，在此時看來，都成了塵土，再也無法仰仗？如果是這樣，看不到陽光，沒有期待，又如何走得下去呢？

要堅強，要勇敢，要努力過好每一個日子。

世事或許無常，回顧時都像是一場夢。我們在夢裡走進又走出，有誰不是這樣？

那麼，我的心，曾經停留在怎樣的時光？什麼才會是我最想念的呢？是愛嬌愛笑的少女歲月，天真無邪惹人憐？是縱恣才情，發光發熱的那一刻？還是晚霞滿天，心無罣礙的清閒時光？……

我想念的是：青春年少好丰采？心有所繫，想忘也難的繾綣情懷？還是過往雲煙，已然放下的淡泊？……

我把記憶的盒子重新打開，一一檢視，感謝曾經有過的善意、扶持和溫暖，為日子增添了無數甜美的滋味，芬芳永在我心。成功雖然讓人欣喜，挫敗卻也教會了我更多。是的，我是那樣走過來的，一路上，不乏天光雲影，佳景處處。然而，有哀傷的歌，也有歡喜的淚。

我的想念裡，有著感謝的心情，您都讀到了嗎？察覺了嗎？

活在當下，更是迫切。我告訴自己：明天一樣美好。

《我的心，停在最想念的時光》是五月的新書，獻給天下每一個想念母親的孩子，您的努力將綻放花朵，美麗了我們的世界。相信母親終會明白，不論她在何處，異地、遠方或天上。

想念的心，永遠最美。

琹涵 寫於二〇一八年春末

part 1

我想念的時光

我們向時光求援：
走慢一點，等等我啦。
時光嚴峻的別過臉去，
再也不加理會。
我終於明白，
每個日子的珍貴。
歲月如此，
人也是這樣。

part 1

我想念的時光

心語錄

時而陽光，時而暴雨。原來，這就是人生。有高低起伏，也有順逆交迭。我們平靜的接受一切，也學會了心存感恩不抱怨。

青春無敵。年輕，就像朝陽，有著無限的威力正待施展。年輕，也像晨露，晶瑩美麗，映現了世界的美好。

彷彿夜幕越是深重，星光才顯得燦爛。也或許，是因為有了點點星光，夜空才變得格外迷人？

心中的善念，口裡的善語，人間的善行，都是生命中美麗的養分。

行到中年，你早該為自己的美麗負責了。任何的推託，都只是可笑的藉口。

童稚已逝，早已無跡可尋。青春遠揚，不見蹤影。盛壯之年也幾乎只剩下模糊的影子了，只有夕陽的餘暉逼近，既美麗又讓人感到分外的惆悵。

日子如飛的逝去，彷彿才一眨眼，大把的歲月都成了過去。我們向時光求援：走慢一點，等等我啦。時光嚴峻的別過臉去，再也不加理會。我終於明白，每個日子的珍貴，當它離去，就永遠不會回頭了。

歲月如此，人也是這樣。

把握今天，讓每一個此刻都是一塊上好的磚石，蓋房蓋屋蓋天堂，都不是夢想。

當晚霞滿天，人生，就在我回顧的此刻，無論悲歡已成過往，的確也只是一瞬，但卻雋永美好，有如一首小令，在我的心中迴旋。

如果說，哭跟笑都是心靈的呼吸，那麼孩童最是毫不遮掩。高興就笑，笑成一朵花；委屈就哭，哭成一場雨。有時還又哭又笑，抹成一張大花臉，也令人啼笑皆非。長大以後，我們開始隱藏，越世俗化，也越不快樂，因為距離真我日遠，我們虛情假意，以為那才是社交禮儀。

摸索和了悟就像生死的兩端，哭哭笑笑，我們竟然就這樣走了一生，然而，能夠認真打拚、無忝所生，已經算是幸運了。

你問：未來，真的是美麗的嗎？
我說：只要你夠努力，未來必然美麗。

你一定會有美麗的未來，只是，你夠勇敢嗎？你夠堅持嗎？
請記得，即使身陷困境之中，也要努力再往前跨出一步，就是那一步，決定了你的未來。

與春光對飲

春天來了。

面對著萬紫千紅，蝴蝶飛舞，我的心也很「春天」。

老讓我想到成長歲月中，我們曾經住過的日式房子，都有著寬大的院落。院子裡，有許多果樹和美麗的花。

春天，原本就是百花爭妍的季節。萬物欣欣向榮，枝頭上的花朵更是繽紛多彩，迷人眼目。

你知道春天有哪些花嗎？

牡丹、梨花、桃花、鬱金香、櫻花……還不包括那些隨處可見草花呢。彷彿她們的種子，隨著風四處散去，落地而發芽而成長，竟也以美麗的小花朵禮讚了上天。

那時候，每逢假日，我常坐在客廳裡，一個人喝著茶。

透過日式長廊上的落地窗櫺，我看到了院子裡的花木，在陽光下，那些葉子和花都歡喜的隨風搖擺，好似在說：「出來啊，妳也出來玩啊。」

我微微的笑著，依舊喝著茶。喝著喝著，竟彷彿是與春光對飲。

與春光對飲，心情也如詩。

那是多麼久遠以前的事了？往事也如煙，竟像夢一場。

像花一朵

每個女子都像花一朵。

花有百百種，世間的女子也都各有千秋。

有的花豔麗絕倫，有的花樸素謙遜。有的俗豔，有的清新。有的如詩似畫，只可仰觀；有的平易近人，即之也溫。……

女子也是。

當花在枝頭上迎風招展，是它最美麗的一刻。往後，就向著凋零逐漸靠攏，花落時，最是淒涼一抹。

那幾乎也是人生的隱喻。

青春如花，不也轉眼即逝？一旦逝去，也只留淒清在心頭。

所以，我們要珍惜時光，善用青春，努力為世界留下不滅的美，永恆的恩澤。

等待花開

春天來了，我在陽臺上曾經埋下的花籽，開始抽芽長葉，我是好奇的園丁。

我辛勤的照顧，一日何止看三回？澆水、拔草，還恨不得放音樂給她聽呢。花開會是什麼模樣？什麼顏色？像一朵微笑，還是一首詩？想到這裡，就讓我坐立不安，簡直太興奮了。

既然無法揠苗助長，我唯有等待。在等待裡，才知時光流動的緩慢。

我在靜靜的等待花開。

那樣的心情，會不會也像父母守望著稚齡兒女的長大？多麼希望真的「一暝大一寸」，轉眼就能綻放驚喜。

終於，出現了小小花苞，含苞待放，就像一則謎題，猜猜猜，猜猜猜，我猜的是對，還是不對呢？

然後，我突然必須離家到外地三天，不得延誤。可是，天啊，不會就在這三天開花

吧？我又不能拔起她，帶著一起外宿！

我在忐忑中出門，也迫不及待的返家。可是，那已經是三天之後了。

花開了，粉紅如夢，以笑靨迎我。

我歡喜得差點說不出話來。

聽見花開的聲音

當我面對著一朵含苞的花，當我的心思極為寧靜清澈的時候，我便聽見了花開的聲音。

是那樣的細微，也如此的清晰。

花開，是一朵花的使命。以宇宙的長遠看來，花開花落，也不過是一彈指的時間；然而，綻放出最大的美麗，花若有情，當知此生已經了無遺憾。

你呢？你也是一朵花，你願意為我們的世界綻放出一己最大的美麗嗎？

在凝眸間，在傾心的關注裡，我們也會聽見屬於你的花開的聲音，也會給予最熱烈的稱揚。

然後，留住你的美麗，在我們的記憶中。

那是永恆。

窗臺上的花

一早起來，灰濛濛的天氣讓人沮喪，於是，我在窗臺上擺了一盆花。

還特地選了一盆鮮豔的紅玫瑰。花紅似火，彷彿為天地增添了顏彩，連我也受到了鼓舞，精神上振奮不少。

原來，人和植物是可以相互影響的。

花朵的綻放，一如微笑，也是一種祝福。

於是，我就整天帶著這份祝福，或閱讀或寫稿，或走來走去或沉思冥想……直到黃昏時刻，檢點下，竟然發現工作的成果不差。

一盆美麗的花，也可以是陪伴，靜靜的，不說話的。

默默的，可是也一直在那兒。

安靜的陪伴，多麼讓人安心。

跟花做朋友

我從花市帶回了一盆花。

她有很多的花苞，可是還沒有熱烈的綻放。

於是，我每次幫她澆水時，就不免要猜測她的顏色和樣貌。簡直就像一個孕婦，老要猜想肚子裡的胎兒，眼睛像我？手腳像他？還是笑容像我？個性像他？

相形之下，花還是比人單純太多了。

果然，有一天，那盆花終於開了，粉色的重瓣花朵，很迷人。讓整個房子增添了繽紛的顏彩，顯得很有生氣。

只因為一盆綻放的花，似乎連世界也不一樣了，我的心情也隨之不同。

好像有著神奇的魔法。

從此，我跟花做朋友。日久天長，她是好朋友，只是不說話，卻默默的陪伴著，彷彿心意可通。

夜裡的微風

夜裡的微風，輕拂過我的夢境，喚醒了往日的回憶。

那許多在時間的激流裡，幾乎快被淹沒的點點滴滴，又逐一的回到了我的心中，只是不夠周全。有些是零碎的，某個片段，某個名字，某段旅程，某一句話……依稀記得，卻不很真切。彷彿是波光夢影一般。

我在夜裡起來，望著窗外的星空和大地，也並不如我想像的寂靜，偶爾有車子開過，伴著幾聲犬吠。路燈悄悄，依舊散發光亮，星星仍在遼遠的天際，它們也疲憊得想睡了吧？

夜風仍微微的吹著。

想到歲月就這樣如飛的逝去，韶華從來不為少年留，我們終究很難掌握什麼。那麼，就努力活在當下吧。認真工作、與人為善，不虛度時光。

用心的、好好的走過每一個日子，讓所有的季節都是生命中的春天。

帶著朝陽與晨露

在我們年少的時光，帶著朝陽與晨露，我們好奇的在自己的人生旅程上舉步。有時順遂，有時坎坷；有時歡欣，有時流淚。有人待我們心存善意、樂於照拂，有人則落井下石、背信忘義。

時而陽光，時而暴雨。原來，這就是人生。有高低起伏，也有順逆交迭。我們平靜的接受一切，也學會了心存感恩不抱怨。

所有的學習，都從年少開始。彼時年輕，帶著朝陽與晨露，我們滿懷著希望。即使橫逆與挫折來到，我們承受得起，這些失敗也就轉化為生命的養料和珍貴的經驗，為下一次的成功奠基、鋪路。

我們勇敢前行，愈挫愈勇，屢仆屢起。

青春無敵。年輕，就像朝陽，有著無窮的威力正待施展。年輕，也像晨露，晶瑩美麗，映現了世界的美好。

當年少的你，也帶著朝陽與晨露，正要去尋找自己人生的價值時，請接受我的祝福：別放棄心中的夢想，你可以的。

當時年紀小

童稚的心，洋溢著天真，看什麼都興味盎然。

即使只是玩，也是一種何等快樂的遊戲。玩再多、再久，也不會喊累。

在他們的眼裡，世界就像是個萬花筒，不斷的旋轉出令人驚喜的美麗來。有一天，當他們忍不住想要一探究竟時，彷彿是魔法的終結，只在眨眼之間，童年的身影已經遠逝。

居然就像飛的一般，什麼也抓不住了，只留下一片惆悵。

也許，只能在夢中，和童稚的自己相逢。

只是，相逢時，你確定，仍然相識嗎？

安靜的小女生

我是個不愛說話的人，從小話就很少。

在我的童年歲月裡，我幾乎不說話，我不想說話，能不說，最符合我的心願。

有時候，我也覺得說話很累，常是緊閉著嘴，奉行「沉默是金」。彷彿可以因此省下很多的力氣。或許，這是因為我從小身體不好，老是蒼白著一張臉。在我，說話也是很傷元氣的。

或許，是媽媽太早帶我上圖書館看書，很快的，書就進入了我的生活，讓我終生成了愛書人。書卷相隨，晨昏相依，連看書都來不及，哪裡還需要說話？何況，書海浩瀚，那樣的迷人與寬闊，更讓我對語言的發展欠缺興趣。

這樣的孩子可能有屬於自己的心靈世界，只是，也比較沉默寡言。

只不知在別人的眼裡，我會不會太孤僻，也太不合群了？

總之，我是個乖巧的小女生，就是不想說話。

長大以後，我妹說：「那時候，妳不只不想說話，更好的是，也不愛吃東西。例如水果，妳的份總留在冰箱裡。我和小弟發現了，就去問妳，姊姊的水果要不要吃？每次，妳一定搖頭，我們就很快樂的瓜分了。」我全然不記得有這樣的事，而且看來是行之多年。

只要能以搖頭點頭表達的，我一律不開口。如此一來，更覺得說話好累，最好別說。有趣的是，後來我去教書，耳提面命，整天說個不休。難道說話是有配額的嗎？小時候不說，將來還是得要補說回來？

點點星光

你喜歡夜晚的星光嗎？

彷彿夜幕越是深重，星光才顯得燦爛。也或許，是因為有了點點星光，夜空才變得格外迷人？

童年時，我們住在鄉下的寬宅大院裡。夏夜，大家在庭院中乘涼，聽祖母說故事，聽大人們擺龍門陣。微風輕拂，還有螢火蟲，一閃一閃的飛舞著，我們多麼捨不得閉上眼睛，就怕這一切如夢般的逝去。

然而，童年畢竟如夢般的遺落。

長大以後，我住在繁華的臺北都會，螢火蟲早已不見蹤影。聽說由於各種汙染嚴重，螢火蟲無法生存，必須經過復育，由於這些年來持續的努力，有些地方已經見到了成效。夜空上的星星也變得迷濛而又遙遠。童年時以為理所當然的，如今才明白並不盡然。

在那個經濟困窘的年代，我們卻擁有了美麗乾淨的大自然，有清溪潺潺，聽鳥鳴花笑，上天一樣厚待了我們。明亮的星光，閃爍在我們的夢裡，不能忘。

走在霧中

大學時，學校在高高的山上，我們也常有機會走在霧中。

有時候晨霧太重，甚至伸手難辨五指，有可能走著走著，就怕會撞上人。怎麼辨呢？來唱歌吧？藝術歌曲？我可不會唱。流行歌曲？太尋常了。就唱兒歌廣告歌，目的也只在提醒對面來的人，小心一點啊。我想我一定沒有慧根，一連唱了四年有霧的時光，歌藝似乎也沒有長進多少？說不定是我太害羞了，不敢引吭高歌，於是進步也就有限了。

霧裡，看什麼也都是美的。一朵花，一棵樹，一個人，也都引人遐思。愛情也是這樣吧？有距離，再加以想像，更是美好到不行。你愛的，真的是那個人嗎？還是你腦海裡的想像呢？恐怕也必須等到霧散了，你看到了那個真實的人，有優點，也有缺點，你還願意包容嗎？你還肯忍耐嗎？你還願意將來「執子之手，與子偕老」嗎？如果不肯，那遲早就分道揚鑣了。

走在霧中的時日不宜太久，陽光底下，霧已散去，我們才看到更真實的一面，沒有夢幻，卻更為務實。

青春

如何來說青春呢？

青春如花，花開燦爛，引人佇足，可嘆卻無法恆久。一旦花落，滿地淒涼，當年葬花的人兒再也不曾出現。

青春如夢，縱有繁華，也不過如同黃粱一夢，終究是要醒來。多少枕畔淚痕，也不過是印證了人生匆匆。

青春如浮雲，也如逝水，轉瞬間，不見了蹤影。當你著急的四處尋覓，青春已然不在。

青春善於遷徙。當我們在下一代甚至下下一代的身上，看到了青春煥發，那心情，一半兒歡喜，一半兒惆悵。

為生命注入美麗的養分

二十歲時，我們的美麗是上天給予的，因為青春無敵。

那時候，我們的美麗也有一部分來自父母的賦予，由於遺傳的加分。我們如此輕易得到讚美，卻未必知道珍惜。

有一天，我們四十歲了，青春的顏彩已失，形容暗淡，我們大驚：「怎麼才一轉眼，美麗就消逝了呢？」

可是，都四十歲了，在這不算短的人間歲月裡，你難道不曾為自己的生命注入美麗的養分？你慈心悲憫嗎？與人為善嗎？你在別人的不幸裡看到了自己的責任嗎？你時時提醒自己：存好心、說好話、做好事了嗎？……

心中的善念，口裡的善語，人間的善行，都是生命中美麗的養分。

行到中年，你早該為自己的美麗負責了。任何的推託，都只是可笑的藉口。

還是覺得自己不夠美嗎？如果真是這樣，那也只能怪自己了。

有如微風吹過草原

有時候，我只是靜靜的坐著。看著遠處的樹，陽光潑辣的灑在樹葉上，葉子它也會有感覺的吧？它會被曬傷而喊疼嗎？

這個夏天真是熱啊，氣溫老是居高不下，冷氣用得越凶，臺北盆地更是散熱不易，也彷彿是一種大自然的反撲。

讓人想起小時候住在鄉下，晚上時，有涼風習習，有螢火蟲飛舞。是因為童年早已不再，於是，在回憶裡，多的是甜美？

是這樣子嗎？

我仍然靜靜的坐著，讓我的心敞開，有如微風吹過草原，慢慢的，我覺得自己似乎好過了一些。

當我們的心不再為煩躁所苦，心靜自然涼，也更能領會到眼前種種事物的美好。

想像微風吹過草原，多麼的平和，不起波瀾，也是歡喜事。

秋天

騷人墨客喜歡傷春悲秋，其實，秋天也應該是豐盈而又美好。

「一年好景君須記，最是橙黃橘綠時」，說的不也是秋天嗎？

盛夏的酷暑已經逐漸走遠，揮別了汗滴滿身的淋漓之苦，秋天，另有一種溫柔，天高雲低，風光如詩。

秋天，也是個收穫的季節。

曾經辛勤的耕種，日日不得閒，風雨中，豔陽下，付出的心力知多少？到如今，結實纍纍的稻穗，沉重得彎下腰來。在枝頭上的水果各個飽滿，汁多如蜜，想來豐收可期。

就在這一季，可以採摘所有的豐盈和美好。

誰不愛秋天？

我喜歡秋天，雖然我生活在四季如春的寶島，很多人都跟我說：「臺灣沒有秋天。」其實還是有的，只是沒有別的國家那麼明顯。

秋天是個明淨的季節。秋高氣爽，宜於外出閒逛。

我總是慢悠悠的晃著，從此地到他方，從車水馬龍的都會到山青水碧的偏鄉。開心的走著、欣賞著。看樹看花，看美麗的大自然，我的心因懂得包容惜福而歡喜而豐盛。

彷彿所有濃豔的夏日顏彩，經過秋天，就轉為淡雅。秋天的景色清寂，也更顯得耐人尋味，像詩一般。

這也是一種學習，讀的是無字的書。

秋天也是個收成的季節，柚子長得飽滿了，稻子收割了，我喜歡的芋頭也上市了……若要豐收，先得耕耘，這是我從其中學會的道理。

橙黃橘綠和楓紅，在在彰顯了秋的豐盈和美。

誰不愛秋天？

黃昏美景

年少的時候，在我心中，歲月就像一棵大樹，枝繁葉茂。

我常在樹下徘徊仰望，享受它的清蔭，度過了許多炎夏的酷暑。我天真的以為，我手中的日子也不過像是大樹上的葉子，是可以取之不盡的。就如同春去春來，葉子雖已落去，來年卻仍然可以躍上枝頭成為點點新綠。

我讀書、成長、工作……然後，黃昏的雲霞近了，我也將逐漸老去。

至此，我才恍然，原來人間歲月是有限的。

童稚已逝，早已無跡可尋。青春遠揚，不見蹤影。盛壯之年也幾乎只剩下模糊的影子了，只有夕陽的餘暉逼近，既美麗又讓人感到分外的惆悵。

問自己：妳努力過了嗎？

是的。

妳盡力而為了嗎？

是的。

既已無所愧，那麼，所有的缺憾都應該還給天地。

此刻，且來好好欣賞這動人的黃昏美景。

圍巾

我喜歡圍巾。

我有許多圍巾，長長短短、材質未必相同，卻各有佳妙，總可以在不同的時刻使用，或搭配不同的衣裳。

一條圍巾，可以在天涼時候，帶給我許多溫暖。更好的是，它容易收納，不太占用地方，卻能夠擋風遮寒，用處多矣。

不同花色的圍巾，可以改變整體的搭配，給人完全不同的觀感，彷彿變魔術一樣，整個人煥然一新。

天涼時候，你也喜歡圍巾嗎？

訴說

到底你想說些什麼呢？

這一樹鮮麗的紅葉，在風中搖曳招展，每一片葉子都是思念，被離人的淚水所浸濕，

而染得更紅了嗎？

就在別離的那一刻，所有過往的甜蜜全都上了心頭。此地一為別，何日重相逢？

每思及此，更增添了離情依依。

且看那紅葉，豔紅如血，也似焚燃的愛，這樣的奮不顧身，多麼讓人驚歎。

你卻說：「就像一則謎題，費人疑猜。」

也罷，只有留待有情人，來細細的讀了。

聽風的輕歌

你聽得見風的輕歌嗎？

每當屋簷下的風鈴響起了清脆的聲音，我便知道，有風走過，是風唱起了輕歌。

在風的輕歌裡，你想起了什麼呢？

是童年的歡笑？草地上的奔跑？是往日的愛戀？回不來的夢境？……

而我知道，我走過了幼稚。在成長的路程裡，無可避免的，我失落了一些也淡忘了一些；然而，我長大了，也學到了更多。

上天還是疼惜我的。

於是，每當我聽著風的輕歌，我的心中一片怡然。

誰能

我老是找人問了又問。

誰能為我找回遺落在歲月裡的歌兒？我年少愛嬌時，經常在口中吟唱的歌兒，為什麼全然不見了蹤影？更奇怪的是，為什麼我都記不起來了呢？是那些歌兒愛捉迷藏，老是躲在一個我找不到的角落？

誰能為我尋覓昨日遠去的那朵雲？它曾經在我兒時的天空變著魔術，一會兒花草樹木，一會兒蟲魚鳥獸，我知道那朵雲是有名字的，它叫做「神奇」，你遇見過它嗎？是否也在你童年的天空？

我已不再年輕了，生活早就一如止水般的寧靜。所有的紛爭遠了，得到的也已失去，還有什麼好罣礙的呢？我想：如果不是那莽撞的風，我怎會想起那遠逝的昨日？怎會掀起心中的漣漪？

我在深夜裡，睜著不寐的眼，聽聞窗外淅淅瀝瀝的雨聲，一定是那雨聲吧，又把我的愁思輕輕牽引。

一片落葉

你從一片落葉裡，想到了什麼呢？是歡樂的易逝？青春的無法久留？人世的滄桑？紅塵的離合悲歡？還是其他？也許，這只是四季的流轉，春來時枝頭上的新綠，終究逐漸長大、變黃，有一天，就會隨風飄零和凋落。人，難道不是這樣嗎？從出生、童年少年、青壯年老年，而後告別塵世。彷彿是一條既定的路，無可迴避。如果有人不是這樣，想必提早離席，留下的傷痛更多。

一片落葉的辭別枝頭，重返大地，也是一種圓滿。

但願，人生也能這樣，不留憾恨。

相思樹下

這裡有一棵相思樹，長得枝繁葉茂，藍天白雲都成了他最美的襯托。

相思樹昂然而立，向上，也向四周竭力的伸長。不知經歷過多少歲月，終於長成了一棵如此的大樹，守護著大地。

樹下，有花兒嫣然，那掩不住迷人的笑靨，朵朵都是禮讚。

原來，花代我們說出了心中對相思樹的歡喜和驕傲。

長成了一棵頂天立地的大樹，有多麼的不容易。在風雨飄搖中，立定腳跟；在任何的挫敗裡，依舊勇往直前。

樹猶如此，你，學到了嗎？

那條小徑

我有些疑惑的望著那條小徑，到底會通往何處？
是向一個更深的夢行去嗎？
行行重行行，這時，陽光穿過了葉隙，灑落了一地的溫柔。
歲月如此靜好，彷彿所有的紛爭已經遠揚。安寧裡，也另有一種力量，你可曾細細的領會？
當喧囂止息，只留下一片靜謐，心中更是清明。
只見村莊默默，綠野環繞。
眼前是宛如桃源的美景的再現。
我好想問：淵明在家嗎？

一棵芬芳的樹

我家巷子裡有一棵芬芳的樹。

我天天打從他的身旁走過，卻從來不曾抬頭仰望，上課、下課、外出、回家。直到有一天，我發現整條巷子芬芳了起來，樹下還有許多飄落的白色花瓣。原來那是玉蘭花樹。玉蘭花，淡雅的素色面容，卻有著芬芳的氣息，而且可以四處散播。樹高大而枝葉繁密，都有四十多年了吧？或者更久？

他守在巷子，給了我們無數的綠意和芬芳。

可是我們記得他嗎？我們可曾心懷感激呢？

我們出國，四處旅遊，看別處的綠樹和花朵，回來以後津津樂道，卻不記得自家住處巷子裡也有一棵芬芳的樹。

能不慚愧嗎？

幸福的此刻

我坐在窗前，看著一朵雲緩緩的行過我的窗口，然後向著天邊飄然遠去。陽光照在那朵雲上，閃著潔白的光。藍天如海，雲像浪花。此景如詩如畫，那是上天的傑作。

我沒有說話，只是靜靜的看著。

想到昨天，已然成為過去，再多的追悔，早已無濟於事。那麼就忘了吧，將它從心版上仔細擦去，從此再也不必提起。

至於明天，還沒到來，所有的煩惱和擔心，不也顯得十分多餘嗎？未雨綢繆雖有必要，卻不是擔憂害怕、惶惑不安。

我只要好好的活在此刻，讓心扉輕輕開啟，看花草樹木、天空流雲，聆聽鳥兒歡唱，感知風的輕拂和樹葉的低語……大自然是這般的美好與和諧。

我確定自己的幸福，就在此刻。

從現在開始

我相信：往者已矣，來者可追。

如果錯誤已經造成，那麼，就要改正。文過飾非，豈不是太可笑了嗎？

我們都不可能回到過去重新開始，可是，的確可以從現在開始。

倘若，亡羊補牢，不算晚，那麼，我們還遲疑什麼呢？

一個猶豫反覆的人，我以為，若不是個性怯懦，不夠勇敢，恐怕也欠缺人生的智慧吧。

只要確認決定是對的，請勇敢前行，堅決走去。

就從現在開始！

心靜的時刻

我是個安靜的人。

喝茶，讓我的心更加平和起來。

平常家裡也備有咖啡，我很少喝。大半的時候，我喝茶。什麼時候喝咖啡？例如清晨起來，覺得頭痛，不清爽，彷彿並未真正醒過來，於是我喝一兩杯咖啡，提神醒腦，似乎真的有效。要不，就是快感冒時，沖它一大杯，慢慢喝，簡直是當作藥用，然而，連醫生也說此法可以奏效。在這種情形下，如此輕率對待咖啡，也的確很難欣賞咖啡的芳醇。

總之，我是喝茶的。

有一天，有個朋友跟我要了一本我的詩集。

整本詩集看完了，他說：「所有跟茶有關的詩，都寫得很好。」對方並不知道我喝茶，也算是敏銳。

原來，喜歡，也是掩藏不住的。
我還是常常喝茶，心很靜，可以做很多我喜歡的事，覺得人世間也更加美麗了起來。

那麼，此刻呢？

當昨日已經離我們而遠去，再甜美難忘，都只成繽紛的回憶，留待人生黃昏時來加以細數了。

至於明天，由於尚未來到，更讓人憧憬。明天的世界，明天的自己，多麼令人期待，是否會像美夢的成真呢？

那麼，此刻呢？宜於耕種，宜於辛勤的付出。當汗水直流而下，我們知道，豐收就在不久的將來。到那天，我們坐享收成，心安理得。

此刻，所有的辛勞和勤苦，也都是必須。那麼，當此刻成了昨日，也的確會是美麗的回憶。當每一個務實的步履堆疊起來，有希望相隨，明天才真正值得期待。

把握今天，讓每一個此刻都是一塊上好的磚石，蓋房蓋屋蓋天堂，都不是夢想。

也是一種幸福

活在當下，也是一種幸福。

問題是，我們知道，卻不易做到。

我們有太多的煩惱，常為明日而憂慮，那些憂慮真的會發生嗎？絕大部分都不會。那麼，又何必煩惱呢？只是總要憂心忡忡，放心不下。簡直是自討苦吃。

有人把對明日的焦慮託付給上帝，我覺得，也不失為良方。讓自己的重負輕省一些，可以用來做更多有意義的事，也是一樁美好。

中年以後的人生會逐漸傾向宗教。也許，看多了世事紛紜，寧可選擇宗教的清靜。也許，自認力有不逮，願意謙卑的自承不足。宗教是一種心靈的帶領，讓人放下執著，回到單純的歲月。

無須想太多，活在當下，就是一種幸福。

你幸福嗎？但願你是。

每個日子都是唯一

每個日子都是唯一，值得我們珍惜寶愛。

年少的時候，覺得日子過得好慢，比蝸牛還要慢吞吞。我們等過年，等過節。日曆數了又數，感覺漫漫長日，簡直盼不到年節的到來。心中的焦急，難以言說。

直到大學畢業，投身職場，日子如飛的逝去，彷彿才一眨眼，大把的歲月都成了過去。我們向時光求援：走慢一點，等等我啦。時光嚴峻的別過臉去，再也不加理會。我終於明白，每個日子的珍貴。當它離去，就永遠不會回頭了。

歲月如此，人也是這樣。

每個人都是唯一。

有人跟你長得相似，但無法全然複製。

有人跟你性情相近，卻也不能一模一樣。

有人跟你興趣相投，但仍然是相異的個體。

其實，珍貴也就在這裡了。你是獨一無二的。

理解自己的特出，也明白個人的力有不逮。那麼，對別人的優點，更要竭力稱揚，不足之處，也要能有所包容。

請珍惜每一個日子，也要寶愛自己，因為都是唯一，無可取代。

人生只是一瞬

讀幼稚園的時候，我無法想像二十歲是多麼久遠以後的事，說不定根本不會到來，簡直無從捉摸。

年少的時候，我覺得，一輩子有多麼的遙遠，彷彿是一條永無止境的路，因為望不到盡頭，就以為那是永遠。

哪裡知道，人生只是一瞬。時光飛快的流逝，幼稚園早已遠去，二十歲也不見了蹤影，我長大投身職場多年，也逐漸向著衰老靠近。我大驚，彷彿一輩子也快要走完了，終站在望，心中忐忑。

這一路走來，我夠認真，也已經盡了力，這樣，還有什麼遺憾嗎？

其實，還可以更深入的思考：

在這個世界上，不會有人陪伴你一輩子，所以，自立自強是必須，自得其樂也有必要。在人生旅途中，也不會有人幫助你一輩子，所以，更要努力充實自己，在各個方面。

當一個人能夠獨立自主，也能夠樂在其中，即使獨自走在人生的長途，也沒有什麼好擔心的。

不曾虛度歲月，就已經是我的安慰了。

當晚霞滿天，人生，就在我回顧的此刻，無論悲歡已成過往，的確也只是一瞬；但卻雋永美好，有如一首小令，在我的心中迴旋。

哭與笑

哭與笑，竟然交織而成我們的人生。

我們在大哭中來到這個世界，歷經種種離合悲歡，其中有悲愴，也有歡喜。我們不斷的成長，也努力加緊學習。有時哭，有時笑。最後，我們在沉默裡，告別了人世。最後的沉默，也是因為悲欣交集吧。

如果說，哭跟笑都是心靈的呼吸，那麼孩童最是毫不遮掩。高興就笑，笑成一朵花；委屈就哭，哭成一場雨。有時還又哭又笑，抹成一張大花臉，也令人啼笑皆非。長大以後，我們開始隱藏，越世俗化，也越不快樂，因為距離真我日遠。我們虛情假意，以為那才是社交禮儀。

直到很久以後，我們厭棄了所有的繁文縟節，開始捨棄枝微末節的繁瑣，重拾單純的心，回歸到做自己。這時，恐怕已快是晚霞滿天了。黑夜即將掩襲而至，我們所剩的時光有限。

然而，總是這樣，摸索和了悟就像生死的兩端，哭哭笑笑，我們竟然就這樣走了一生；然而，能夠認真打拚、無忝所生，已經算是幸運了。

美麗的未來

你問：未來，真的是美麗的嗎？

我說：只要你夠努力，未來必然美麗。

雖然在人生的旅程上，未必時時順遂，我們有時候也會遇到一些不確定和挫折，那有可能會帶來失敗，卻也可能是成功的一個契機。這時更要勇敢的向前邁進，莫忘初衷，不要廢棄了初志。沒有往前再跨出一步，又如何知道未來有多美呢？

勇敢是必須，堅持也是必須。

你一定會有美麗的未來。只是，你夠勇敢嗎？你夠堅持嗎？

請記得，即使身陷困境之中，也要努力再往前跨出一步。就是那一步，決定了你的未來。

願你看到屬於自己美麗的未來，讓全世界為你歡呼。

美好的世界等著你

也許你會說：「可是，我從來不覺得世界美好。世界在我的眼裡，總是殘酷而冰冷。」那是因為你遺忘了單純的、天真的看著這個世界。你振振有詞的大聲駁斥，也是因為過往的記憶既不美也不好。

你是一個不幸的小孩，太早接觸了人生的陰暗，你不相信光明、溫暖，更不相信有愛。

於是，你看到的世界扭曲、暗淡，從不繽紛。

其實，大自然還是美的，月亮和星星讓整個夜空璀璨起來。小溪和河岸的低語，彷佛傳遞著四季流轉的密碼。還有花樹和蝴蝶，森林和小鳥，他們都有各自的特殊的美麗。

當你有更寬闊的胸懷，多有包容。當你能以感動和感恩的心來看這個世界時，你將看到世界無一不美。

美好的世界，從來都靜靜的等著你。

山水之訪

你也愛尋山訪水嗎？

我尤其喜歡花蓮到天祥段，連綿不絕的青山，那種拔地而起、昂首矗立的宏偉，該是屬於豪傑本色，它睥睨著天下蒼生，我默默無語。想及一路上的逢山開道、遇水搭橋的鬼斧神工，也只有嘆為觀止。在險峻的峭壁上，露出了石塊的光澤，卻不知那青青的樹苗是怎樣在石縫中艱苦的掙扎成長？多像一首偉大的史詩，給我們以啟示。

東部多的是天然美景，不是小家碧玉的柔美，而是氣勢磅礡的大塊文章。

part 2 我想念的人

只要你與愛同行，
你便看到了
天地之間的各種美，
你的歡喜，
無人可以奪去，
你的快樂，
也常是恆久的。

part 2 我想念的人

心語錄

我們常在生死之間奔逐，奮力不歇，甚至席不暇暖；然而，又有多少是有意義、有價值的呢？

父母所在的家，成了我遠方的夢想。當父母凋零，我只能仰望天空，細數著自己的心事。

只要有家可回，那麼，再遠的天涯都可以去得，再大的苦痛都可以得到撫慰。這才是最值得珍惜的幸福。

只要你與愛同行，你便看到了天地之間的各種美。你的歡喜，無人可以奪去，你的快樂，也常是恆久的。

最好的，未必是最適合的。唯有最適合的，才會是最好的。

請記得，在我們的人生長途裡，我們會遇到很多人，有些人只有短暫的相遇，有些人只應該被留在過去，並不屬於攜手同走未來。

當我們能自在的呼吸，充滿了活力，輕易就能好好的活著，我們知道那是上天的恩典嗎？

往日因不小心而犯下的錯誤，對我們是提醒和督促，讓我們時時謹記在心，不可再犯。那是用來學習，絕不是用來重複的。

筆盒

她是我在很久以前教過的學生，送了我一個檜木筆盒。

我把它放在桌子上，就在隨手可及的地方。看書累了，或不想看書的時候，我就把筆盒拿起來仔細的瞧一瞧。看那檜木美麗的紋理，也聞一聞檜木的幽幽香氣，彷彿我正走在森林裡，呼吸著芬多精。

在我，它居然具有療癒的作用。

屬於日子裡的紛爭逐漸遠去了，還有什麼好爭執不下的呢？人間歲月如此短促，哪及得上一棵樹的長久？樹，可以建屋、做家具、成為有用的器皿，造福無數的人們。甚至多年以後，做成了一個筆盒還可以給人使用，甚至引發種種美麗的聯想，讓平淡的日子更為繽紛。

我的筆盒是新的，也還空著，我要拿它裝什麼呢？

就存放我對塵世的美好記憶吧。那些溫暖的、可愛的、有趣的……

看來好似空無一物，其實它也豐盈飽滿。
只有，我的心眼看得到。

意自悠然

和友人到山裡玩，夜宿山中。

白日裡我們四處閒逛，但見煙橫樹色，竹林蒼翠欲滴，眼前一片深深淺淺的綠意。塵俗已遠，心，彷彿經過滌洗一般，為之神清氣爽。

山裡，並不如我們想像中的寂然無聲。有蟲鳴鳥叫，風聲，樹葉的落下，遠處的水流聲，那都是大自然的天籟，如此的和諧迷人。

意自悠然，我們且行且歌。

夜晚時，我們在屋子裡煮茶品茗，更增添了談興，晚間也有它的快樂。山中不見有人走動，只有明月靜靜的俯照，還是白日的水流花開為美。山裡夜深，氣溫已降，清絕冷絕。

想起了李白的〈靜夜思〉，會不會我也有幾分想家了？

荔枝

荔枝從來都是夏日的珍果。

彷彿是所有豔陽的凝結，她鮮紅欲滴，如染胭脂。

一騎紅塵妃子笑，說的是她的到來，曾經贏得佳人嬌笑。也彷彿是經由詩家的品題，身價自是不同。

你喜歡荔枝嗎？鮮麗而美，是夏日陽光下最甜的一抹微笑。

母親喜愛荔枝，我還記得她吃荔枝時歡愉的神情。如今，母親已在天上，雲天浩淼，思念無亟。

每當荔枝上市時，那胭脂般的紅果，總讓我想起母親溫暖的笑容。

不同的母親

不同的母親也造就了大異其趣的兒女與他們的未來。

這幾個月，我一直找不到她，終於在一個大雨的日子，跟她聯絡上了。原來，她租屋暫居臺南。一生不得母親疼愛的她，在母親去世以後，積極想要尋求心中的答案，希望謎團終於得解，當然需要支付費用。如今暫且告一個段落，因此搬回來了。

她跟我談了又談，然後高興的說：「太好了，妳都能明白。」她忘了我們認識快四十年了，私交一直是不錯的。

在我聽來，其實是煞費周章的。花錢，花時間，花力氣，能有多少成效呢？除非她有所徹悟和願意放下。

她的母親自私，又不愛她，讓她人生的路走得跌跌撞撞。

從她的真實例子，我清楚，自己有多麼的幸運，擁有一個有智慧母親的愛和帶領，讓我們的成長歲月顯得單純和美好，那又是幾世修來的福氣！

祝福我的好朋友，從此平心靜氣過自己的日子。歲月靜好，其中自有上天的疼惜和成全。

近鄉情怯

近鄉不是應該要大大的歡喜嗎？夢中的人事物，此刻都將真實的呈現在眼前，為什麼反而要情怯呢？

是因為情太深、太濃，故而患得又患失？

其實，平常心看待就好。然而，那樣特別的時刻，在長久的、苦苦的思念之後，平常心的保持有多麼的不容易。

不是離鄉的遊子，不是飄泊在外的旅人，恐怕都很難領會箇中的滋味吧？由於長年的分離，無人問死生，一旦重逢，驚疑參半，還以為：自己仍在夢中？

有多少心中的酸楚，不忍卒說。

不曾有過別離的人是幸福的，然而，他們可曾明白一己的幸福？

生與死

生與死都是人生的大事，可是我們可曾仔細的思考？總不能在父母辭世時，才來後悔「子欲養而親不待」吧？那樣的遺憾已經再也沒有彌補的機會了。

總不能在面臨一己生命就要消逝時，才來後悔有多少壯志未酬吧？徒留憾恨，卻已經來不及了。

所以，有時候也要想一想：如果父母在，該如何孝養父母、承歡膝下？什麼又是自己今生的夢想，實踐了幾分？

種種的珍惜和努力，也只是希望能不要留下太多的遺憾才好。

我們常在生死之間奔逐，奮力不歇，甚至席不暇暖；然而，又有多少是有意義、有價值的呢？

流浪的夢

流浪是我年少時候心中最大的夢。

有誰喜歡在家老是被父母所管？我要自由，我要自由！我大喊。

拜小鎮沒有好高中所賜，我十六歲得以離家，到外地讀高中。寄宿在外，生活瑣碎都須自理，很快就明白「在家千日好，出門時時難」的滋味了。在家，有父母照顧，衣食無憂，原來，「人在福中不知福」也的確是真的。

大學時，離家更遠，到臺北去了。

幸好，心仍留在南部的鄉下，和父母一起。於是，流浪的歲月也可以美麗有如詩篇。因為我知道，縱有委屈或遇困難，依然可以在父母的跟前得到撫慰。

父母所在處，就是心棲息的地方，那裡有溫暖與愛，讓我們無懼於塵世的淒風和苦雨。

被呵護，被疼惜，即使流浪在外，也能美如一場夢幻。

遠方的夢想

遠方有我的夢想。

小時候，我踮起腳尖，努力想要看清楚遠方，卻總是看不真切。

我想，我太矮了，也太小了。於是，我努力加餐飯，想要變胖又變高；也認真的撕去牆上的日曆，可惜一天只能撕去一頁。

遠方，一定比天空還遠，我想。因為抬頭可見天空，卻不見遠方。

春去春來，我讀小學讀初中，都在鎮上的學校，我的夢想仍在遠方，不曾實現。有一天，我考上了城裡的高中，歡欣鼓舞不足以形容。我不知那是我流浪的開端，此後，我都在外地讀書或工作，回家，也只是過客。

如果你問我：這麼多年來，遠方的夢想找到了嗎？

有的找到了，實現了，更多的，卻是遺落。人生無法十全，這是我最深的感觸。然後，父母所在的家，成了我遠方的夢想。當父母凋零，我只能仰望天空，細數著自己的

心事。
天空，成了我永恆的遠方。童年時的我，一定想不到會是這樣。

遠方

年少的時候，你讀三毛的書，你也好想去流浪。你以為，流浪是瀟灑的雲，是迷人的詩，讓生活充滿了浪漫。

長大以後，你努力存錢，開始出國去玩，去遙遠的非洲，去南極，去俄羅斯……只是離家越遠，你越想回家。慢慢的，你終於明白，真正的幸福是無須流浪，是有家可回。

從此以後，你對遠方不再存有幻想。你慶幸自己可以不必浪跡天涯，你可以出國去玩，卻終究是要回家的，一如倦鳥的歸巢。

只要有家可回，那麼，再遠的天涯都可以去得，再大的苦痛都可以得到撫慰。這才是最值得珍惜的幸福。

與你同行

你一直希望有人能與你同行，共度悲喜，也共享四季的美景。

有時候，你以為這個人出現了，後來，才發現那只是個過客，並不是「執子之手」的人。

幾次以後，你發現你好像找不到那樣的人，難道你被上天遺忘了嗎？

其實，只是來自你的誤會。

很多年以後，你才明白：與你同行的，也許是一個人，卻也可能不是。

只要你與愛同行，你便看到了天地之間的各種美。你的歡喜，無人可以奪去，你的快樂，也常是恆久的。

最好的與最適合的

我們常以為：最好的，就是最適合的。

真的是這樣嗎？恐怕未必。

反而，最適合的才是最好的。在生活裡，尤其是這樣。

一方認為，「愛他，當然是給他最好的。」

另一方卻委屈的說：「不領情，那完全不是我想要的。」

是的，對方真心想要的，才是最好的。因為最能符合心意。

我們總是在許久之後，才恍然了悟這樣的道理。可是，彼此早已爭執過多少次，磨合又磨合，終究明白相處之道，這也是生活的智慧。

是的，最好的，未必是最適合的。唯有最適合的，才會是最好的。

仔細琢磨，我們會有更多的領會。

努力做到這樣，才會是一個真正溫暖體貼的人。

溫柔的心

她有一顆溫柔的心，年輕的時候，有好多男士喜歡她。

那時候我們在同一個辦公室。只要有空堂，就看到有人前來跟她搭訕，問這問那，題目幼稚，讓人好笑。

唉，醉翁之意哪在酒？

每當有個很不錯的對象出現，乖巧的她，便去徵詢母親的看法，母親善良保守，沒讀過什麼書，雖然愛她，卻無法給她任何的建議。就在她的遲疑裡，機會一個個失去。

然而，溫柔的她，依舊令君子好逑。

擁有一顆溫柔的心，所散發出來的光采，讓她像一塊溫潤的玉，非常的迷人。

後來她結婚了，婚姻美滿，真心為她感到高興。

承擔

長大以後的她，扛下了很重的人生責任，真了不起。

扛得下來，除了她個性的堅毅，也包括身體的健康。

健康來自於她從小所接受的各種的鍛鍊，讀書時候，她就是學校排球校隊的一員。運動員，需要經過長期嚴酷的訓練，那樣的訓練，造就了她的良好體魄。成年以後，她反而比別人更加耐磨耐操。她的事業奠基於此，也才有餘力照顧許多人。

她早早進入婚姻，也早早決定離去。沒有肩膀，無法仰仗的先生也沒有能力養活兒女，於是兒女歸她。她看來嬌嬌弱弱，如此勇於承擔，也真是「巾幗不讓鬚眉」了。沒有規避，她一肩扛起養兒育女的責任，老父辭世以後，她接娘家母親來奉養，裡外都忙，很不容易的。

她不是弱女子，從來都不是。

祝福她日子越過越好，心想事成。

應該被留在過去

不要害怕放手，對於不適合的伴侶，快刀斬亂麻，不失為明智的做法。拖拖拉拉，只怕連自己的一生也賠了進去，而那卻是個深淵，深不可測。

請記得，在我們的人生長途裡，我們會遇到很多人，有些人只有短暫的相遇，有些人只應該被留在過去，並不屬於攜手同走未來。

應該被留在過去的，就讓他留在過去吧。

如果判斷失準，那是我們欠缺智慧，怪不了別人。

記憶裡的身影

在臺南讀書時，走進校門口，就見左右兩排高高的椰子樹，蔚為風景。即使歲月流逝，畢業多年以後，椰子樹的模樣也一直長留在記憶之中，不曾抹滅。

臺南的夏天既長又熱，有時候，竟然覺得腳下的柏油路都快融化了。椰子樹依舊高高挺立，迎著晨昏，默然無語。唯有風來的時候，我努力想要聽清楚屬於她的心語，卻總是聽不真切。

讀臺南女中的時候，我們班有個女生，長得細長、秀氣而且蒼白，聽說心臟不好。每天都有一隻小黑狗跟著她，也不知那狗打哪兒來？或許是來自教職員宿舍？校園裡，就見那一人一狗的身影四處晃來晃去。

畢業了，大家各奔西東。那瘦長像椰子樹的女孩不知讀了哪所大學？而那老是跟著的狗更不知是否另外有了喜歡牠的主人？

歲月悠悠，許多人和事已經淡忘，然而，也有一些身影依舊在心頭。

一生中，我的高中同學聯絡最少，惦念卻依舊深濃。

將你時時放在心上

能和你一起歡笑的朋友，易找。能和你共患難的朋友，難尋。而能將你時時放在心上，真誠為你的成就喝采的，那是知己了。

你呢？你有多少這樣的朋友？你又有幾個知己呢？

我們最常發現的是，在沒有利害關係的時候，什麼都好說，人人都是好朋友。只是，這樣的友誼未必禁得起現實嚴酷的考驗。

當你走在生命的幽谷，有誰願意相伴？那些相伴的朋友，不離不棄，真是彌足珍貴。

那個和你一起流淚，一起微笑的朋友，沮喪時鼓勵你，得意時提醒你，時時以你為念，這樣真摯的友誼，已是上天恩賜的大禮了。

溫暖的記憶

童年時，我是個害羞的小孩，不說話，很安靜。

上小學了，我讀的是小港國校。功課好，很得老師的疼愛。作文尤其佳，常在學校的作文比賽中得獎。小三時，還在報上的徵文比賽裡得名，照片和文字刊登出來，立刻轟動了我就讀的那所鄉下學校。

我想，我是在那時候認識李綉玲老師的。

她剛從高雄女師畢業，到我們學校來教書。清湯掛麵的直髮，十分樸素清純，教一年級。

其實，李老師沒有教我，卻很善意的待我。在那個普遍貧窮的年代，她拿香港彩色精印出品的《兒童樂園》，是一份很美麗的兒童雜誌借我看，跟我聊天，還帶我去壽山玩……這些點點滴滴讓我記憶一輩子，不曾一日或忘，感念永遠都在心頭。

可惜，她停留的時間很短，我都還沒小學畢業，她已經調校了，或許是調回離家更近的小學吧。

長大以後，我在國中教書，努力把書教好，也努力善待每一個學生。

想一想，李老師在我的童年，不曾教過我，卻能愛護我。她在一個童稚的心靈裡播下了愛的種子，有一天，這些愛的種子終究會萌芽開花，也繽紛了我們的世界。

我很慶幸，後來的我也站在講臺上，殫精竭慮要讓這份愛傳承流轉、生生不息。

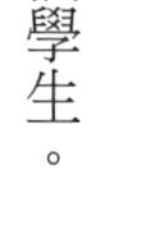

流年似水

高中時候的好朋友來玩，別後多年，果真滄桑如夢。我們說了許多話，然而，相逢又相別，珍重兩字何忍說？臨走時，她特地留下了當年的畢業紀念冊，讓我有空時可以查訪。其實是有困難的。那時，我們讀的是女校，名字也多半普通。今日想查，雷同者如此多，又如何能分辨出來呢？加以暌違的時間太久，有太多的記憶怕都也模糊了？

我上網查出了盧碧芬，碧芬的名字到處是，幸好她姓盧。我在臺南寄宿時，租屋處離她家，只隔三兩間屋，算是鄰居。有時候放學，我們就一起走路回家。黃昏時的雲彩美麗如畫……網路上有關她的資料和我的部分記憶相符。原來，她大學畢業以後到臺南新豐高中教書，這是我知道的。後來調岡山中學，再轉往鳳山中學任教。她教的是地理。我看到網路上她的照片，盛裝，還化了妝。我愣了許久，太漂亮了，簡直無法和白衣黑裙的她聯想在一起。

再想一想，我們認識的時候，十六七歲的少女，有多麼的年輕啊，那麼清純的年月，那麼青春的時光！

要不要聯絡呢？我以為，就交給上天吧。

能相逢，是上天恩賜的大禮。若不能，飛鴻雪泥，也是上天的祝福。

同學會

高中時她讀嘉義的宏仁女中，最近當年的高中同學在臺北召開同學會。事前有人上網查詢，無意間發現她成了作家，便說第一次同學會就在臺北舉辦吧，也好看看這個作家同學。

於是，她帶了很多書去參加同學會。書好重，幾乎讓她步履維艱。與會的同學都拿到她的贈書了，皆大歡喜。

她客氣的跟我說：「如果不是遇到妳，如果不是由於妳的一再鼓勵，我不可能走上寫作的路，還出了十幾本書。」

我說：「這一切都是妳的努力，堅持有多麼的困難。倘若妳不能堅持，也不過如同曇花一現，哪裡會有今天的好成績？」

我們認識十八年了，十八年來，她寫了十幾本書，也算是很用功的了。

很高興她告訴我這樣的消息，令人振奮。

開放的心

開放的心，充滿了歡愉。

我是個膽小的人，乖巧聽話，不敢違抗。我住在象牙塔裡，雖然無趣，可是安全。我不想改變，也不覺得改變有必要，直到我長大。

有一天，我發現她。

她是我的同學，那年我們讀高一，她只讀童話故事不讀其他。她說：「童話故事單純美麗。」也的確是。而她在我的眼裡也如一則美麗單純的童話故事。

「看報紙嗎？」

「我媽說，新聞報導太混亂了。」

然而，混亂不也同時存在我們生活的周遭嗎？難道她的父母一心想要為她打造一個無塵無垢的世界，那太不可思議了。

她，像是我的一面鏡子。我沒有那麼嚴重，卻也相似。都一樣被過度保護著。

我閱讀，看電影，開始認識活潑的新朋友，也藉由他們重新認識這個世界。世界，不會是我們想像中的美麗，但也不致太糟，其間仍有需要我們努力的地方。就像光和影的變化，有燦爛，也有暗淡。無法太樂觀，但也不應悲觀。我的心扉因此逐漸開啟，看到了更多，也學習了不少。

至於，愛看童話故事的她，後來怎樣了呢？我們失聯太久，對她的近況，我一點都不知道。

也許，她也一樣過得快樂，只是在一個我所不知的角落裡吧。

小確幸

年少時候相熟的朋友來，他因此請假，陪著到處去玩。

他笑著說：「大家都在上班，我能出去玩，真是小確幸。」

平日生活都太忙了，工作尤其緊張，繃緊的心弦很難得到舒展，即使每日清晨他也爬山，可是比起工作壓力的沉重，或許仍然有所不足。

可是，又能怎樣呢？難道要掛冠求去嗎？

年僅半百，此時若輕言退休，還是有一點早，不符合社會期待。

最好老同學能常常來，讓他找個名目好出遊。也許，他要的，也不過就是這樣。

小確幸？的確是，他很滿意。

對的位子

每個人都有他的天分，只是天分各有不同。

一個人只要放對了位子，一定如魚得水，可以大放異彩。

然而，不是人人都有這樣的幸運。有的人明知自己的興趣所在，卻不敢爭取或者無法堅持。有的父母強勢，逼著兒女走他們未必喜歡的路，兒女無力違抗，只好不快樂的活著，一天拖過一天，甚至一生就這樣虛度了。有的，活在別人的期待裡，被虛榮所蒙蔽，而故意忽略自己內在的聲音……有很多的因素，讓一個人不能坐在對的位子上，這不是很可惜嗎？損失的，不只在個人，也包括了國家社會。

我有個朋友，讀書普通，卻手巧到不行，後來進烘焙班，做出讓人讚不絕口的甜點。在大家的鼓勵之下，她到法國研習，回來以後，開了一家烘焙屋，供應大飯店下午茶的各式甜點，事業蒸蒸日上，自己也開心得不得了。

的確，她放對了位子。

畫裡的花

朋友是畫家，開過幾次畫展，風評都很好，讓人替她高興。

奇怪的是，在生活中大而化之的她，畫裡卻有著十分細緻的筆觸。

每回她來看我時，常會帶幾枝花來送我，那些花都很漂亮，她總是說：「我拿來畫畫的。」果真是花姿嫣然，很具形態之美。

有一次，我無意間看到她的畫作，大為驚訝。因為，畫裡的花，那樣的美麗，更遠勝過真實的花。彷彿每一朵花，都在訴說著屬於自己的故事，好似她們也都有著各自的離合悲歡……怎麼會這樣呢？

朋友卻說：「美學有它的章法，造型要美、布局要好、意境要高。如果，妳覺得畫裡的花更美，其實，那是由於還有畫者的感情投注在內。也許，動人的，也就在這裡了。」

的確，這正是創作的可貴。

作品常在無意間透露了創作者的心思，歡樂或愁苦、聖潔或沉淪、愛或恨、掙扎或徬徨……它不著一言，卻又訴說無盡，不斷扣響我們的心弦，引發了深刻的共鳴。

我想，這就是感動了。

能真正感動我們的，未必是繪畫的技巧，而是畫者心中的愛和悲憫之情。

有時，殘缺也是一種美

我有個朋友專門收集殘缺的楓葉。

怎麼會這樣呢？多麼讓人不解。

她說：「沒有誰的人生是完美的，有時，殘缺也是一種美。」那年，她讀大三，不過二十一歲。我不知她是從何處領會了這樣的道理？說起這話，竟然像個哲學家。

我是追求完美的。好，還要更好；快，還要更快。

投入職場以後，我終究吃足了苦頭。健康，也很快的受到折損。

我大病一場。

病中，心境蕭索。把許多事情拿出來，細細的想：「求全，難道不是一種貪嗎？太過猶如不及，其實都不好。」

原來，生活中的苦與樂都參半，總是在不斷的更迭之中。那麼，對苦，何須抱怨？對樂，則要時時心懷感恩。

老天總是公平的，祂給了我們苦難，也讓我們快樂。
再一細想：有時，殘缺也是一種美。真是豁然開朗。

只在呼吸之間

當我們能自在的呼吸，充滿了活力，輕易就能好好的活著，我們知道那是上天的恩典嗎？

「活著，只在一呼一吸之間。」我的朋友因肺功能不佳，而必須藉助呼吸器，哪兒也去不了，連生活的自理能力都不足；幸好如今的社會福利進步很多，經由社工人員的評估，社會局每週派人前往照料四次，買菜、燒飯、清理……讓他能活下來。也只是活著，不能外出，無法工作，我連跟他打個電話，都怕他會太累，常不敢多說，問好後，才說幾句，就掛斷了。

人世間有人如此艱難的活著，然而，我們也看到了有人輕忽生命，自我棄絕。後者令人親痛仇快。

請留住健康，讓生命發揮出它的光和熱，有益於社會人群。

是的，活著只在呼吸之間，更要珍惜與善用自己手中的時光，過有意義的人生。

好好的活著

活著，是一件值得慶幸的事。
活著，也讓許多事情變得有意義。
你是不是也想過生命的珍貴呢？
因為好好的活著，你的世界才是具體存在的。
有些人渴望活著，卻不可得，多麼讓人哀傷。有些人擁有生命，卻加以踐踏扼殺，那不是太可惜了嗎？
她是個年輕女孩，二十多歲，正是青春好年華，卻老是聽聞她自殺的消息，都肇因於感情或工作上的不順遂，幸好她的自殺都被發現得早而救回。只是，每次都搞得馬仰人翻，全家陷入愁雲慘霧之中。
真的，一個家中成員的生病，無論身心，都可能影響到所有人的作息和情緒。
好希望能有機會告訴她：「請愛惜自己，不要輕言放棄生命，這也是一種負責的表現。不要動不動就揚言自殺，如果妳有自殺的勇氣，那麼就更應該勇敢的活下來。」

如果，真的自殺成功了，親痛仇快，也不過是糊塗一場罷了。

所以，我們都該好好的活著。健康，有朝氣，行有餘力，就去幫助別人。

珍惜韶光，有所作為，也才不負此生。

真的，好好的活著，人生才會是有意義和價值的。

最美的期望

生命是珍貴的，所有的生命都蒙受上天最大的祝福和最美的期望。

她是個不快樂的人，老是怨天尤人。抱怨父母不公平的對待，總是偏心弟弟。學校老師大小眼，喜歡家境好、人漂亮的學生。總算大學畢業去工作了，獨立自主，該高興了吧？沒有。長官有私心，總是把最累最苦的事情交給她，勞碌終日薪水少，她每天都不開心，可是日子難過還是得過。

那是一個假日，她去看電影。走出電影院卻發現下雨了，沒帶雨具的她，只好站在屋簷下暫時避雨。她看到有人在賣刮刮樂，那是一個拄著拐杖的中年女子，好辛苦的謀生方式。可是對方卻笑咪咪的，好似能自力更生，就是美事，即使是辛勞的，有時還要受顧客的氣。

她問自己：「妳能跑能跳，有個還不錯的工作足以養活自己，妳還要抱怨什麼呢？」彷彿從夢裡醒來，她終究看到了自己的幸運。

她是應該珍惜自己的，而不是抱怨。
生命是珍貴的，如果她懂得寶愛自己，雲飛花開，鳥唱欣然，這個世界是美麗的，她能生活其中，何嘗不是蒙受了上天的祝福？
只有珍惜的心，才能看到上天給予的最美的期望。

這樣的天氣

天氣的好壞，可由不得我們做主。

記得幾年前，好朋友參加了一次本島小旅行，為期五天。行前都是好天氣。豈料人算不如天算，從旅行一開始，全都是滂沱大雨，從來沒有晴過。

怎麼會這樣呢？簡直像是上天開了一個大玩笑。

大家都很抱怨。

只有她笑開了臉。她想，如果是自己，也絕不會選這樣的大雨天出門去玩。五天，全都在下雨，真是太特別了。所以，那樣玩的經驗和感受，也很特殊，未必是刻意安排就會有的。

因此她快快樂樂的玩，看雨的千種姿態，不一而足。

「很好玩，」她跟我說：「在這樣的天氣裡。」

這樣的天氣，哪裡稱得上好？可是，對天氣生氣，難道不是跟自己生氣嗎？
唯有心念的轉變，才會帶來不一樣的結果。

沉默裡的思量

這次，她和朋友一起來玩。

幾乎不說話。

她的說詞是：「聽得多說得少。」

我卻清楚的覺得，她仍然在暗地裡有著幾分的較量，到底老師比較疼誰？在老師的心目中，自己可以排在更前面的位子嗎？……

她敏銳而又心思細密，卻常被自己的思維所綁住。有時跳脫不出，苦苦掙扎，甚至受傷。

我為什麼會知道？因為我也曾經是從這樣的小女生長大的。

也是在很久很久以後，當我讀了更多的書，經歷了更多人世的離合悲歡，我才明白，如果我看不到更寬闊的世界，沒有學會付出和關懷，我恐怕永遠都與快樂絕緣。

也或許，是直到那一刻，我才放下了心中許多的執著。為什麼要苦苦尋求關愛的眼

神呢？我的心應該是一個自足的小宇宙。倘若我真正與人為善，不求回報，我才能更為坦然自在的面對世界，我也才會擁有真正的心靈豐美和歡喜。

請望向陽光，把陰暗拋棄。這是我對妳，也是對自己最大的祝福。

不可預測

她是個有趣的人。

每天起床，一翻開報紙，最先看今日運勢，或好或壞或不好不壞。

都實現了嗎？並沒有。

也的確有些事情發生了，卻不在預測之中。那麼，既然預測不準，就不必每天看什麼運勢了。不是嗎？

可是，還是要看啊。

可見，她欠缺的，其實是自信。

人生旅程中禍福相倚，有歡喜，也會有悲傷，誰能逃躲得了呢？仔細想來，不如以平常心對待那些不可預測的種種。萬一遇上了，那麼，就誠實面對，好好處理。

既然不可預測，我們更要懂得珍惜，也學會放下，我以為，這才是更好的生活態度。

一場意外

他三十九歲的那一年是一九八三，一場登山的意外，他跌落山谷，脊椎嚴重受傷，下半身麻痺，面臨的是可能殘障不良於行的危機。

他請病假療傷，無法上班，情緒跌落谷底，憂鬱沮喪隨之而至。

他學的是心理諮商，從小修持佛法，他知道應該接納現實，來面對眼前的困境。在妻子的鼓舞下，他決定寫作，把東方的禪佛學和西方的心理學結合起來，變成生活的智慧。也把學過的理論和實務經驗相融合，成為活潑實用的生活新知。

兩年以後，他大致恢復健康。第一本書《清心與自在》出版，大獲讀者好評。

你想得到嗎？他居然是這樣成為作家的。現在，他早就已經著作等身了。

原來，從他的第一本書開始，我就是他的讀者。

他，是鄭石岩先生。

不重蹈覆轍

人生是一條漫漫長途，我以為，是用來學習的。

我們都只是平凡的人，在長途的競走中犯錯難免，也無須加以苛責，重要的是不能重蹈覆轍。

有一個我很喜歡的廣播主持人，曾因吸毒而被捕，在媒體前流淚懺悔，希望大家給他一次機會，他的朋友也站出來挺他。幾年以後，他再度由於吸毒而被收押，自毀大好前途，從此消聲匿跡，讓人為之扼腕。

大家願意給你一次自新的機會，卻不等於可以心存僥倖，一犯再犯。我以為，不重蹈覆轍，也是一種對生命負責的表現。

往日因不小心而犯下的錯誤，對我們是提醒和督促，讓我們時時謹記在心，不可再犯。那是用來學習，絕不是用來重複的。

不重蹈覆轍，我們的人生會越過越好。

找回真正的自己

他是個殷勤的農夫，每日勤耕不輟，即使無事，也要前往巡田，如此孜孜矻矻，就怕那些作物有了閃失。

其實，他耕的是文字的花田。

日日他引記憶的水，努力澆灌腳下的大地，他的深情換來了顯赫盛名的回報。隨著名望的一再暴漲，記者守在他家門口，一出門就被跟拍，八卦消息滿天飛。只有他知道，沒有一則是真的。

可是，他的生活顯然已經受到了很大的干擾。

有一天，他不知所終。

是搬家了嗎？又搬往何處？沒有新作，沒有通訊地址，所有信件都被退回，臉書停用，部落格不再更新，微博也一片空白……

發生了什麼事？

銷聲匿跡，他才找回了真正的自己。

part 3

我想念我的心

當你的心跌入谷底時，
請抬頭仰望天空吧。
天空無際，
任雲來雲去，
憂傷不會久留，
歡樂也不會永遠。
明白了這個道理，
我們更應活在當下。

part 3
我想念我的心
心語錄

隨遇而安是一種瀟灑，行走在紅塵中的我們，尤其需要有這樣的修持。花的開落，人的來去，都應該視如尋常。可是，那多麼不容易啊。我們能做到這樣嗎？我們太執著了，竟忘了該以平常心來面對。

如果緣聚，請多加珍惜，一旦緣散，也請彼此祝福。人生沒有不散的宴席，就讓我們時時提醒自己隨遇而安吧。

思念的青苗居然在我的不經意間，就長成了一棵大樹，無法撼動，不能攀爬。

距離日已遠。卻總在有風的夜裡，我聽見葉子的簌簌低語，全是我百轉千迴的念想。我更怕那月圓之夜，但見清輝滿地，全都是我拾掇不完的幽微心事。

思念只宜忘卻，完全撤自記憶，不留痕跡，它，從來不宜種植。

當我們的心是寧靜的，我們才能擁有內在的平安，那是抵抗外界風雨最堅強的堡壘。

如果擔心有用，那麼，就日夜擔心吧。如果憤怒有用，那麼，就大發雷霆吧。擔心和憤怒真的有用嗎？其實於事無補。

大落，常是大起的開始。挫折和困頓，也常帶來轉機。

得意時，或許我們也曾「春風得意馬蹄疾，一日看盡長安花」。卻不知，因著心高氣傲，我們也可能因此錯失了無數的美景，甚至桃花源。失意時，能讓我們冷靜反省，重尋更好的出路，也未嘗不是人生的一種「得」。惡運來的時候，不必擔心，它總會過去的；好運來的時候，也不要得意忘形，它也會過去的。

無論幸或不幸，歡喜或哀傷，都不會長久停留在我們的生命之中。所以，我們都要努力活在當下，以尋常的心來看待眼前的所有，不被綑綁與局限，我們才擁有真正的自由。

執著太深，是我們不快樂的根源。我們常捨不得又想不開，於是我們的心被束縛而不自覺，距離快樂益發遙遠。

白雲易逝，看雲來雲去，真有讓人羨慕的消遙。

但願，我只是天上的一朵雲，再無牽掛。

我的心應該寬闊有如天空，當雲朵走過，無論悲歡，都不會久留。那麼，得意不必，哀傷更不必。

因為寬闊，所以顯得豁達。

因為能容，所以無所不包。

寬闊，所以包容了更多。能容，更見雅量。

當你的心跌入谷底時，請抬頭仰望天空吧。天空無際，任雲來雲去，憂傷不會久留，歡樂也不會永遠。明白了這個道理，我們更應活在當下，請珍惜眼前的幸福，若遇難關就冷靜看待、勇敢前行吧。

感謝人生是漫漫長途，胸襟氣度是可以培養和學習的。

當我們能生活在順遂之中，沒有橫生枝節，沒有驚怖恐懼。「如常」，也是一種祝福吧。

沒有這種種的試煉，成就不了今天的自己。原來，在最漆黑的夜空，我們才看得到星光燦爛。

當猜疑之心一起，你就與快樂絕緣了。因著猜忌，疑雲四起，在想像中更是無限擴大，若遇到那搧風點火的人，燎原之火無法遏止，更是災禍。

快樂也像幸福的青鳥，日日在窗前歌唱。然而，粗心的人們不曾聽聞。有人嫌吵，把它趕走了。有人煞費苦心的，不惜跋山涉水，四處尋覓，卻終究無功而返。其實，快樂不在外求，而在內省。

每天清晨醒來，我一定先打開快樂的窗。看到了天地的歡顏，葉子碧綠，花兒含笑。我相信，快樂的開始，一定會是順遂的一天，歡喜如意，多麼值得我們期待。

給一個微笑，只為了隱藏往日所有的憂傷。

當你微笑，你便留住了春天。

順也好，逆也好，不論你遭逢什麼，都請記得微笑。微笑，為你招來陽光，讓你的心田也開出一朵花來。你的眼前，會是更為美麗的世界。

當你微笑，你便聽到上天對你的祝福。

世界是個舞臺。每個人都想大顯身手，有的人如願以償，有的人黯然神傷。

所有的掌聲都只是一時，無法永遠。即令是最佳主角，獲獎無數，也如同繁花的綻放，終究要凋零。喝采如潮水，潮來，也會潮去。大角色演過，更多的是小角色，或無關緊要、沒有任何臺詞的民眾，幕升幕落，我們竟然就這樣過了一生。

我清楚，我的舞臺不大，然而，我仍然賣力的演出，縱使不見掌聲也無妨。因為我知道，我正逐步的走在理想的路上。如此，已經足夠。

當我們看重自己，別人也不敢任意加以輕侮。

因此，即使只是一朵小花，當我們搖曳在田野上，跟白雲招手，和微風一起跳舞，我們以自身小小的美麗與芬芳，歌頌了上天的恩慈。我們心中也有甜蜜的愛，認真的綻放，就是我們生命的價值。

我不夠完美，所以，完美才值得傾慕。

我謙卑，因為明知自己的不足；我努力，希望能日有進境。

當憂傷和挫折襲來，你哀哀哭泣，你以為，你過不了這樣的關卡。如果那是試煉，你以為，那太艱難，也太沉重了。其實，你並不如自己想像中的那樣脆弱。受創的傷口，有一天也會癒合，只是需要時間。

學會放下，我們才真正釋放了自己。走過人生的悲歡，我們必須學會放下。得到的，感恩。失去的，釋懷。其間種種，都是「功課」。

只要時時不忘心中的願望，願意向著夢想前行，孜孜矻矻，你的心願有多大，你的力量就有多大，只要你夠堅持，全世界都會幫助你。

夢想，推動著我們走向更好、更美的未來。那是絕佳的動力、最好的燃料，讓夢想升空、起飛。不是嗎？

我相信，夢想正等待著你，只不知你何時去尋找它？

時間是我們的導師，對我們多有教誨。時間也是我們的敵人，當日子如飛的逝去，我們消磨了壯志，也豎起了白旗。

人生的這一遭也只是一場旅行，終究會走到終點的。誰能倖免呢？

如果，蓮花可以出汙泥而不染，那麼，對蓮花而言，汙泥不是詛咒，而是祝福；如果，蝴蝶能破蛹而翩然起舞，對蝴蝶而言，蛹不是阻力，而是助力。所以生命中，所有的困難和阻礙，不也都是一種隱藏的祝福嗎？

那麼，就讓自己跟水學習吧，學習它的謙卑、溫柔、堅持，於是，無堅不摧、所向披靡。水的力量，無可想像。

做別人的天使

生活的圈子，不應該只有自己，還有別人。

圈子越大，也意味著容納的人越多，可能你需要有更大的能耐、更多的承擔和更寬的胸襟。

我每每對那些整天大喊「忙死了，累死了」，卻不見有絲毫成績的人表示不解。不過是尋常生活罷了，哪裡需要弄到這樣的地步，豈不是太沒有成效了嗎？可是，有些人就喜歡這樣喊，自覺比較重要嗎？說不定真正立功立業又忙又累的人是沒有力氣喊的。

能力是可以培養的，從小能力到大能力，也從小承擔到大承擔。

有一天，當你有能力了，有餘力了，你願不願意不只做自己的天使，也要做別人的天使呢？

我以為，行有餘力的人，要付出、奉獻和服務。這樣，也才造福了他人和整個社會。

如果有能力，只用在一人一家，格局太小，不免可惜。還是應該用在社會國家，成為全民的福祉，那才了不起。

既然有能力有餘力了，更要努力成為別人的天使，這是整個社會和諧繁榮的開始。

善良的美質

善良是多麼美好的人格特質。可是，我到很久以後才明白。

不是每個人都善良，然而，善良卻是重要的品質。

一個人再聰明能幹、再出類拔萃，如果不是善良之輩，只怕危害更烈，社會國家都跟著遭殃。哪裡會是好事？

所以評定一個人，善良反而需要優先考慮。如果不善良，我以為，其餘也就不足觀了。不善良，如何信賴？不能信賴，又如何交付重責大任？

我也不相信，一個遠離善良的人，能擁有快樂、有意義的人生。

你是個善良的人嗎？真心希望你是。

隨遇而安

隨遇而安是一種瀟灑，行走在紅塵中的我們，尤其需要有這樣的修持。花的開落，人的來去，都應該視如尋常。可是，那多麼不容易啊。我們能做到這樣嗎？我們太執著了，竟忘了該以平常心來面對。

在我們不夠豁達時，便無法從容的面對所有生命的試煉。我們苦苦哀求，死命不肯放手，其實也綑綁了自己；然而傷心流淚終究無補於實際，恐怕我們要經歷過更多，在許久以後才能明白。

若世態炎涼，就要看淡。當我們學會以堅強來撫慰傷痛，我們的人生態度逐漸轉為豁達，才算善待了自己，也增添了幾分智慧。

如果緣聚，請多加珍惜，一旦緣散，也請彼此祝福。人生沒有不散的宴席，就讓我們時時提醒自己隨遇而安吧。

獨一無二

每個人都是獨一無二的存在，每段時光也都是獨一無二的，因為逝去就不可能重返。如此想來，我們能不特別珍惜嗎？對自己，也對時光，都不應該輕率對待，以免悔之已晚。

人，都有他各自的特質，這樣的特點，不容易被取代，也是發光的所在。當然，首先要發現和有所認識，並且加以仔細培育與琢磨，有一天就會像寶石的發光發亮，大放異采了。要不，被否定、被輕忽，長久以後，縱使原本是千里馬也成了平凡無奇的駑鈍之馬了。

所以要愛護自己的才能，在稍縱即逝的時光中努力不歇。培養的過程艱難而且充滿了種種試煉和苦楚，歷練過後，自然有所不同，然而，先得有那樣的勇氣和堅苦卓絕的毅力。

你呢？你吃得了這樣的苦嗎？

從心開始

從心開始，許多事情就跟著轉變了。

如果你希望周遭充滿了歡愉，那麼先讓自己的心快樂起來。彷彿是一個解開的密碼，你的微笑吸引了更多的微笑，你的善意也引來了更多的善意。你發現，原來自己就生活在一團和氣裡，多麼開心啊。

如果你的心扉緊閉，只感到厭倦、怨懟和憎恨，說也奇怪，周遭的人也似乎對你怒目而視、沒有禮貌、言語粗魯，讓你覺得生活更加沒趣。

怎麼會這樣呢？原來我們的心是一個磁場，美善吸引美善，邪惡也引來了邪惡。

既然這樣，哪裡能掉以輕心呢？

請保守我們的心，如果它能更好，我們的世界也必然變得更好。

請在你的心裡，也加上希望、理想和愛，我們的生活一定都會變得更為美好。

心是一畝田

很久很久以後，我才知道：其實，每個人的心中都有一畝田。
既然心是一畝田，那總得要自己去耕種。別人是不可能代勞的。
我們居住的房子不必太寬，以免雜物的堆積太多，收拾起來傷神費力，大不易。心，
倒是要寬的，寬闊的心，才能多有包容。
若說，心是一畝田，該也有包容的意味吧。
心是田地，應勤加耕耘，種稻種花種美善，種桃種李種春風。
你呢？你想種的是什麼呢？
種一個夢想，讓世界和諧安樂，變得更好？
種很多的愛，讓世人彼此相親，永不匱乏？

種植思念

我在土地上，種下了思念，它們都長得如此美麗。
這般的美麗，按理，我應該歡喜的，不是嗎？
可是，為什麼我竟然這樣的憂傷？
因為，思念的青苗居然在我的不經意間，就長成了一棵大樹，無法撼動，不能攀爬。
距離日已遠；卻總在有風的夜裡，我聽見葉子的簌簌低語，全是我百轉千迴的念想。我更怕那月圓之夜，但見清輝滿地，全都是我拾掇不完的幽微心事。
我終究明白：思念只宜忘卻，完全撤自記憶，不留痕跡，它，從來不宜種植。

寧靜的心

寧靜的心是珍貴的，請記得時時保有它。

當我們的心是寧靜的，我們才能擁有內在的平安，那是抵抗外界風雨最堅強的堡壘。

人世無常，風雲都能瞬間變色，有時候也讓我們陷入遲疑彷徨之中，到底何去與何從呢？這時寧靜的心就是我們的後盾了，讓我們不再慌亂，內在的平安使我們更能冷靜思考，篤定從容的迎向前去，走出屬於自己的未來。

寧靜的心，讓我們不致人云亦云、自亂陣腳，我們總可以看出事情的脈絡，分出輕重緩急，不為眼前的迷霧所障蔽，智慧讓我們脫離愚昧，有更清明的抉擇，而一經決定，也影響了我們的一生。

請保有寧靜的心，走自己的路，做有意義的事，成為快樂的人。

在平靜中

在平靜中，才能產生力量，混亂不行，焦慮不行，憤怒更不行。

平靜的力量，可以帶領我們走向更好的明天，也支撐我們追逐心中的夢，實踐人生的理想。

平靜，來自修為。

人生的憂患太多，誰都無法倖免。那麼，在面對困境時，在平靜中才能啟發智慧，才能找出因應之道，更快的想出解決難題的方法。

你能這樣嗎？長保平靜的心？

先培養自己的能耐，縱使在一團混亂中，也能冷靜思考，謀求對策。不宜怨天尤人，理性面對，方是上策。

祝福每個人都能擁有平靜的心，力量由此而生，更能有智慧的面對各種困局，也讓人生的難題因此迎刃而解。

平靜的力量

平靜，能產生力量，心慌意亂則不能。

有誰能站在一團混亂裡，還能保持清晰的理路，做出有智慧的判斷呢？如果是我，能不抓狂，已是萬幸了。

所以，我常讓自己遠離混亂，愉快的活著。

然而，有時候不能，怎麼辦呢？

先深呼吸，最好暫時離開現場，努力冷靜下來，再來面對難題。

紊亂時，生氣時，思路不夠清楚時，我從來不作任何決定，就怕那時候，選擇的，其實是「後悔」。

我深知，我不敏，更要深思熟慮，更要藉平靜的力量，走人生的長途。

果然，我的後悔不多，生活大抵平靜也平順，能這樣，我由衷感激上天的疼惜和成全。

如果擔心有用

如果擔心有用，那麼，就日夜擔心吧。
如果憤怒有用，那麼，就大發雷霆吧。
擔心和憤怒真的有用嗎？其實於事無補。有時候，更是損人而不利己，還會衍生出更讓人棘手的問題。

既然擔心和憤怒無效，就該停止，另覓良方。
什麼是更好的方法？冷靜思考，就教高明，讓自己更能分辨先後、判斷輕重，也讓自己更具有智慧和洞察力。

臨時抱佛腳是來不及的，平日就要多有修持。閱讀、思索、常和有智慧的人相往來，近朱者赤，久而亦受薰陶。

慢慢學，日起有功。養兵千日，相信終有用上的時刻。
冷靜，有智慧，對每個人來說，都是重要的。

心中的雲

每個人的心中都有一朵雲。

可是，雲有許多種，有的歡喜，有的悲傷，有的輕快，有的優雅……那麼，你心中的雲，又是怎樣的一朵呢？

或許心中的那朵雲也是會變的吧？感知的敏銳，也跟著主人的心情走？有時陰，有時晴。

我常靜靜的坐著，看天空上飄過的雲朵，有的快有的慢，有的微笑有的沉重。我在安靜裡凝神默想，直到我的心也不起波瀾。

一切都靜默了下來。

我想：我也只是一朵靜靜的雲。

坐看雲起

大落，常是大起的開始。挫折和困頓，也常帶來轉機。

就怕心灰意冷、一蹶不振。

王維有「行到水窮處，坐看雲起時」的詩句流傳千古，撫慰了無數跌落深淵、灰心喪志的人們。鼓勵我們面臨困境，要先靜下心來，尋找更好的機會。別急著離開，坐看雲起，也會有另一番領會。

得意時，或許我們也曾「春風得意馬蹄疾，一日看盡長安花」。卻不知，因著心高氣傲，我們也可能因此錯失了無數的美景，甚至桃花源。失意時，能讓我們冷靜反省，重尋更好的出路，也未嘗不是人生的一種「得」。

柳暗花明又一村。不是這樣嗎？

雲來雲去

小時候，我是一個安靜的孩子。

空閒的時候，我多半在看書，看累了，就看窗外的花草樹木，像一幅充滿了生意的畫，或看天空中的雲朵，雲來雲去，它們也把天空當紙張，忙著在上頭寫詩嗎？

我的想像和創意，也是在那個時候得到啟蒙的吧？

長大以後，讀了很多美麗的詩詞歌賦，更愛看著雲來雲去，陷入更深的遐想之中。然後，我做事了。工作能力的培養，人際關係的學習，讓我加倍的忙碌；尤其是世間的離合悲歡，有多少歡欣的淚和悲苦的歌！

這時候，我看著天上雲的來與去，他們要告訴我的是什麼呢？

惡運來的時候，不必擔心，它總會過去的；好運來的時候，也不要得意忘形，它也會過去的。

無論幸或不幸，歡喜或哀傷，都不會長久停留在我們的生命之中。所以，我們都要努力活在當下，以尋常的心來看待眼前的所有，不被綑綁與局限，我們才擁有真正的自由。

原來，雲也是我的老師。

當白雲走過

當白雲走過天際，你想起什麼呢？

白雲的自在舒卷，而後飄然遠去。我問自己：世事紛紜，榮華富貴轉眼成空，那麼，又有什麼放不下的，需要縈懷於心的呢？

執著太深，是我們不快樂的根源。我們常捨不得又想不開，於是我們的心被束縛而不自覺，距離快樂益發遙遠。

白雲易逝，看雲來雲去，真有讓人羨慕的消遙。

但願，我只是天上的一朵雲，再無牽掛。

看一朵雲的飄過

天氣好熱，我什麼事都不想做。

一大早，我坐在餐桌邊上，望著窗外的大樹，葉片上都是白花花的陽光。一天才正要開始，在暑氣的蒸騰中，這日子該要怎麼過？

於是，我轉而望向天空，看一朵雲的緩緩飄過。

是的，我的心應該寬闊有如天空，當雲朵走過，無論悲歡，都不會久留。那麼，得意不必，哀傷更不必。

沒有什麼能真正影響我們，除非是我們心甘情願。

此時，就靜靜的看著一朵雲的飄過吧。

如此悠閒的時刻，也不是經常都有。

心如天空

如果，我的心如天空，是不是就能讓雲飄遊而過呢？

坐在窗前，我看天空中的雲卷雲舒，我真心希望像天空一般的寬闊，我也盼望有如雲朵一般的優游自在。

會不會我這樣的想望也算是要求太多了呢？

我真希望我會是一個寬闊能容的人。

因為寬闊，所以顯得豁達。

因為能容，所以無所不包。

寬闊，所以包容了更多。能容，更見雅量。

我痛恨一切的睚眥必報，一個人的心胸如果是這般的狹隘，還能成就怎樣的事功？想必也是有限了。

心如天空，當然就容納得了雲來雲去。如此，天空才更顯美麗了。

像天空一樣的寬闊

寬容，是一種珍貴的特質。

不是人人都有寬容的胸襟。有人氣狹量窄、睚眥必報，跟這種人談寬容，就像緣木以求魚是一樣的可笑。

感謝人生是漫漫長途，胸襟氣度是可以培養和學習的。

教育，讓我們得到了最大的學習和改變。從家庭、學校到社會，種種的教育，讓美善逐漸滲入我們的心靈，從而改變了我們外在的行為舉止。它是循序漸進的，無法立竿見影。只要能日起有功，我們就肯定了教育的必要和學習的不可或缺。

可以跟書本去學習，跟人去學習，跟大自然去學習。只要我們有心，何處不是學習的場所？萬事萬物都可以為我師，我們的獲益也將無可估量。

當一個人的內在豐足了，他的識見遠大，胸襟自然寬闊，待人處事也就多有包容了。

但願我們的心，能像天空一樣的寬闊，任雲來雲往，任風吹拂，任鳥歡唱。

天空無際

你一定也有過沮喪的時刻，在那個時候，你恐怕會認為自己一無是處，你是個多餘的人，沒有機會，沒有希望。

其實是鑽進了牛角尖。情形並不是你想像中的絕望。問題是，你能不能轉念，給自己正向的思考？

沒有誰的人生是一帆風順的，總有挫敗、打擊、陷害、中傷……當你的心跌入谷底時，請抬頭仰望天空吧。天空無際，任雲來雲去，憂傷不會久留，歡樂也不會永遠。明白了這個道理，我們更應活在當下，請珍惜眼前的幸福，若遇難關就冷靜看待、勇敢前行吧。

天空寬闊，無所不包，但願我們的心也是這樣。

心中自有遼闊的天地

一個寬容的人，心中自有遼闊的天地。

寬容的人，能寬闊看待萬事萬物，不受局限，自然天寬地闊，另有一種雍容大度。寬容的人無所不包，有容乃大，當然就不是小鼻子、小眼睛的人所能望其項背的。內在自有丘壑，有所為也有所不為。

你呢？你是一個寬容的人嗎？

自古以來，成大事業的人，都是寬容的人。容天下英才，以為己用，必先寬待之，才能讓士為知己者死。這非常的事功，必來自群策群力，哪裡是事必親躬？若要凡事親力親為，又能做得了多少呢？要善於將將，那更是來自寬容，來自人格感召。

宰相肚裡能撐船，想想，還是頗有道理的。

太陽雨

這到底是怎麼一回事？一邊出太陽又一邊下雨。是上天錯亂了嗎？

有時候，我們在情緒極為激盪起伏的時候，也有可能是又哭又笑的。幸好，像這樣的太陽雨，為時都不會太久。再隔一會兒，一切都將回歸常軌。

當我們能生活在順遂之中，沒有橫生枝節，沒有驚怖恐懼。「如常」，也是一種祝福吧。

像這樣的太陽雨，也不會時時出現。只是，若要出門，還真的需要帶把傘呢，或遮陽或擋雨，以防曬傷或生病了。

身體還是要健康，才有力氣承擔。我有些朋友，年歲大了，竟連包包裡多放一把傘都嫌太重了呢。

星光燦爛

越是漆黑的夜空，越顯得星光燦爛。

那麼，越是痛苦的錘鍊，我們才真正變得堅強不屈。

如此說來，今生所曾遭逢的不幸，都是上天贈與的禮物，是要讓我們學得更多，變得更好。

然而，我們可曾明白上天的旨意？

我們一面抱怨，一面抹著眼淚前行，當我們走過幽谷，行經坎坷，在水窮處，坐看雲起。

我們突然明白，沒有這種種的試煉，成就不了今天的自己。就在回顧的那一刻，我們的心中充滿了感恩。

原來，在最漆黑的夜空，我們才看得到星光燦爛。

你謝天嗎？

你謝天嗎？

是的。為著一路行來，我所學習的一切。有時如春風化雨的溫煦怡人，有時如怒目金剛的狂暴打擊，當我平靜領受，它，便化為我生命中的一部分，讓我更好。可以溫柔，可以勇敢。我很感恩。

我感恩的方法是謝天，是去幫助別人。是在別人的不足之處，看到了自己的責任。所以，我總是善意的對待我所遇見的每一個人。

對方如果善良，這會成為一個美好的循環，有更多的人得到幫助，當整個社會和諧共榮時，身在其中的自己也同時蒙受其惠了。縱然，不是所有的回報都是好的。也會有人予取予求，視為理所當然。我悲憫其苦，也願意原諒對方扭曲的人生觀甚至是價值觀，然而到底這樣的人是少數。

當我們去幫助別人時，也感謝自己有這樣的能力和機會。

的確，能幫助別人，是我謝天的方式，多年來一直如此，也讓我心生歡喜。

猜疑

當猜疑之心一起，你就與快樂絕緣了。

猜疑，讓信賴瓦解，感情背離。在疑心生暗鬼之下，麻吉也能為之反目，多年情意蕩然無存，甚至怒目相視，從此形同陌路，不相往來。

怎麼會這樣呢？既然是誤會，說開了，不就沒事嗎？

卻不知，猜疑的殺傷力遠超乎想像。

因著猜忌，疑雲四起，在想像中更是無限擴大。若遇到那搧風點火的人，燎原之火無法遏止，更是災禍。

我常提醒自己，要活在當下，珍惜所有的好緣。如果說，緣聚緣散，都屬尋常，只希望每一場好緣都讓人懷念，而不是惆悵滿懷，心有憾恨。

寧可由於信任而被騙，也不要輕易的就讓猜疑成為情誼的劊子手。

或許，我仍然帶有幾分的天真吧？

給一個微笑

給一個微笑，只為了隱藏往日所有的憂傷。

我在人前微笑，是為了分享歡樂。世人的憂苦多，每個人都有不同的屬於生命的重負，我個人的憂傷其實是微薄的，那麼又何必叨叨念念，讓旁人也跟著擔心呢？學習負荷，學習一肩擔起，我以為也是一種負責任的表現。

給一個微笑吧，一切都將雲淡風輕，這個世界依然是美麗的。

你看，雲朵行經天空，無論它如何變幻，終會成為過去。歡樂不會久留，憂傷也是。那麼，就更不必懷憂喪志了。且懷著珍惜的心，來看待今生所有的善緣。也懷著悲憫的心，來看待紅塵一切的試煉。

如果我們不是得到，就是學到，說不定後者的啟發更大，影響更是深遠。

給一個微笑，縱使有點憂傷，也會是學習的課題。

打開快樂的窗

我們的心裡有很多不同的窗，各式各樣的。

每天清晨醒來，我一定先打開快樂的窗。看到了天地的歡顏，葉子碧綠，花兒含笑。

我相信，快樂的開始，一定會是順遂的一天，歡喜如意，多麼值得我們期待。

我也打開希望的窗，看雲朵優游，打從我的窗前走過，微風輕拂，景色如畫。經過了一夜的酣睡，讓我的精神飽滿，正期待要大顯身手呢。

我從來不喜歡沮喪的窗、消沉的窗、哭泣的窗、憂傷的窗，讓它們緊緊的關閉，萬一誤開了，我也立刻關上它，掉頭而去。

也許，你會問：「難道一切都能如妳所願？」

我明白，幸運從來不會從天而降，要好，還要更好，唯有努力。

你呢？每天你都打開怎樣的窗？

快樂何處尋？

你問：快樂何處尋？

快樂也像幸福的青鳥，日日在窗前歌唱。然而，粗心的人們不曾聽聞。有人嫌吵，把它趕走了。有人煞費苦心的，不惜跋山涉水，四處尋覓，卻終究無功而返。

其實，快樂不在外求，而在內省。

如果，你懂得付出，願意分享，快樂就在周遭了。

如果，你真誠待人，處處與人為善，好人緣，好境遇，時時都能享有快樂。

快樂在慈心悲憫裡，快樂在美善的心中。

快樂哪裡需要四處去尋？你以為上窮碧落下黃泉，終究可以尋得。卻不知只落得兩處茫茫皆不見。自私自利的人，不知感恩省思的人，不懂服務分享的人，都距離快樂非常遙遠。他們抑鬱一生，卻不知問題是在自己而非他人的身上。

所以，當你努力進德修業，讓自己成為更好的人，別人自然樂意親近，友誼便帶著

快樂一起前來敲門了。
願你快樂，我如此祝福。

幸運天使

每個人的身邊都會有幸運天使停駐，只是未必知道罷了。

可是，幸運天使也是會離開的，當它覺得你老是讓它大失所望，就在一再的打擊裡，在絕望之餘，它會心灰意冷的選擇遠揚。

幸運天使喜歡你的微笑、善意、真誠、美好……

問一問自己：你會是這樣的人嗎？

你經常微笑嗎？你熱情嗎？你心存善念，願意時時與人為善嗎？你待人真誠嗎？還是說一套做一套呢？你願意分享、付出，懂得服務的真諦嗎？你是個溫暖寬闊的人嗎？唯有美好的人格特質，才足以迷住幸運天使。

或者你老是抱怨，以為是天下人負了你，真倒楣。沒有一件順遂事，沒有信心，沒有希望，你愁眉苦臉越多，幸運天使飛離得更快，竟至不見了蹤影。

幸運天使也跟人一樣，喜歡快樂，拒絕煩憂。

原來，幸運天使也需要豢養。以你的嘉言懿行，以你歡樂的心，才能長久留住它。

即使只是一朵小花

即使只是一朵小花，也有它的芬芳和甜蜜。

上天以「一枝草，一點露」來滋養大地萬物。祂的愛寬廣無私，從來不曾有所偏廢。

所以，我們無須妄自菲薄。

縱使微小，也要努力做到「小而美」。鑽石，也不過是個美麗的小石頭，然而，燦爛奪目，價值連城，誰又敢輕忽呢？

當我們看重自己，別人也不敢任意加以輕侮。

因此，即使只是一朵小花，當我們搖曳在田野上，跟白雲招手，和微風一起跳舞，我們以自身小小的美麗與芬芳，歌頌了上天的恩慈。

我們心中也有甜蜜的愛，認真的綻放，就是我們生命的價值。

當我以笑靨迎你，你看得到我的努力了嗎？

記得微笑

微笑，就像一朵花的綻放。

如果，你喜歡花開的美麗，那麼，你也會喜歡人們臉上溫柔的微笑。

我常想，我們如何表達內心的善意呢？或許，微笑最好。

當你微笑，你便留住了春天。

你的目光停駐在外界的人、事和物上，因著微笑，你是可親的、友善的，你也很容易被接納和歡迎。

尤其，在你沮喪的時候，更要保持微

笑，告訴自己：要勇敢，要努力，不要被輕易打倒。

說也奇怪，我的確是這樣走過一個又一個關卡。能平安涉渡，也讓我心懷感恩。我更要時時微笑，以回報天地。

順也好，逆也好，不論你遭逢什麼，都請記得微笑。微笑，為你招來陽光，讓你的心田也開出一朵花來。你的眼前，會是更為美麗的世界。當你微笑，你便聽到上天對你的祝福。

舞臺

世界是個舞臺。

每個人都想大顯身手，有的人如願以償，有的人黯然神傷。

更多時候，我們只扮演自己的角色。偶爾是主角，偶爾是配角，甚至只是個跑龍套的，或路人甲，演了半天，依然面目模糊，誰也記不住你，因為太無足輕重了。

所有的掌聲都只是一時，無法永遠，即令是最佳主角，獲獎無數，也如同繁花的綻放，終究要凋零。喝采如潮水，潮來，也會潮去。大角色演過，更多的是小角色，或無關緊要、沒有任何臺詞的民眾，幕升幕落，我們竟然就這樣過了一生。

這真的是你想要的人生嗎？你甘願就像一片葉子，從新綠到枯黃，最後辭別枝頭，無聲的凋落嗎？

我不想被矚目，我也沒有能耐青史留名，我只想盡一己之力，做我喜歡又對別人有益的事。即使只是一個鄉村的教師，可以跟一群可愛的孩子一起學習，多麼有意思。我

也喜歡閱讀、寫作、散步，在大自然裡遨遊。我的人生如此簡單，卻怡然自得。

我清楚，我的舞臺不大，然而，我仍然賣力的演出，縱使不見掌聲也無妨，因為我知道，我正逐步的走在理想的路上。如此，已經足夠。

若得這樣，我相信，屬於我的人生已然不虛。

一盞小燈

雖然只是一盞小燈，卻為漆黑的夜裡，帶來了光。

即使一燈熒熒，或許不夠明亮，卻很重要。

想起遠古時代，因為有了火種，在長久的演進後，暗黑的夜有了光，人類的文明因此加快腳步、突飛猛進。

如果沒有光，黑夜將無法被善加利用，不是很可惜嗎？

感謝有燈的發明，世界因此大不同。

所以，縱然我只是一盞小燈，我也要認真以赴，綻放光明，照亮暗處，讓壞人無處躲藏，再不能作奸犯科。

雖然只是一盞小燈，也能為世界帶來一片祥和的氛圍。

我願是一盞小燈，可以帶來溫暖。

擦洗

閒來無事時，我愛擦洗玻璃器皿，水晶盤、水晶杯，還有其他的杯具等等。洗得亮晶晶，不見一絲塵埃，乾淨美麗，總讓我的心情大好。

想一想，我們的心也該好好的加以清洗一番。

把所有累積的悲觀、失意、暗淡、消沉、灰心、不滿、憤怒、邪惡、鄉愿、顢頇……仔細一一清除，不留絲毫痕跡，然後代之以正向的思維，如真善美、果決勇敢、公平正義、智慧、慈悲、寬厚大度，讓我們的心清晰明亮，更具有愛心和遠見，如此，我們都將成為更好的人，國家社會也將深蒙其惠。

能成為更好的人，也讓生命更有意義。

簡單的哲學

簡單，是我所奉行的人生哲學。

我的生活簡單，行事風格簡單，待人接物也簡單。

我將它歸之於，我太不能幹了，只好簡單。

也是在很久很久以後，我才明白，我能這樣的簡單，是承蒙上天的眷顧。因為如果能夠簡單，又有誰希望繁複呢？老要曲折迂迴，心機用盡，不也太累了嗎？

於是，我總是住簡單的房子，吃簡單的食物，過簡單的日子，連朋友往來也很簡單。

因為簡單，我不需要花費太多的時間和力氣去面對屬於現實擾人的一切，反而有足夠的心力去追逐自己的嚮往，這讓我覺得豐富和開心。不是人人都有這樣的幸運，多麼彌足珍貴。

簡單，讓我輕鬆自在，我很喜歡。

簡單的想法，也是幸福

我們都只是凡人，擁有的，也只是簡單的幸福。

有些幸福，的確很簡單，只是常被我們不經意的忽略了。

餓的時候，喝到一碗好湯。累的時候，有一塊乾淨的地方可供休息。清風明月，讓我們感到舒適美好。有一份工作，可以發揮所長。我愛的人也愛我。……

能有這些，我便也無憾。

我明知一己的平凡，從來不做好高騖遠的追求。

我不夠完美，所以，完美才值得傾慕。

我腳踏實地，一步一腳印，務實的走著屬於自己人生的路。

我開朗而真誠，善意的對待今生所遇，只為了能多結好緣。

我從來不為討好而矯飾，虛偽，讓人不齒。

我謙卑，因為明知自己的不足；我努力，希望能日有進境。
我不美，所以更要多微笑。
我歡喜，我能做自己。
這麼簡單的想法，我以為，也是幸福。

其實，你可以

人間行路，有太多的憂傷挫折，可是，你終究可以平安走過。

當憂傷和挫折襲來，你哀哀哭泣，你以為，你過不了這樣的關卡。如果那是試煉，你以為，那太艱難，也太沉重了。

其實，你並不如自己想像中的那樣脆弱。受創的傷口，有一天也會癒合，只是需要時間。當日升月落，春去秋來，有一天，你會發現，你一樣可以工作、旅行、微笑，你也看到了草的綠和花的美。你知道，曾經有過的傷害早已成為過去了。

你不再有痛的感覺。

在回首的時刻裡，你發現，走過困頓，你學到更多，也領會更深刻。

你的人生因此跟以前而大有不同，你的心更豐富、更悲憫、更柔軟。

為此，你感恩。

學會放下

學會放下，我們才真正釋放了自己。

年少的時候，我們睜著晶亮的眸子，以良好的體力，旺盛的企圖心，我們開始追逐心中的嚮往。

多年以後，有的美夢成真，有的仍是失落。

可是，人生原本就是這樣，有時順遂，有時困頓。不可能永遠如人所願。

走過人生的悲歡，我們必須學會放下。得到的，感恩。失去的，釋懷。其間種種，都是「功課」。

你呢？放下，你學會了嗎？

如果有一個心願

如果你有一個心願，一定希望有一天也能像美夢一樣的成真吧。

可是，在初始時，必然覺得距離那個心願多麼遙遠，彷彿是天上的星辰，哪有攀摘的一日？如果在那個時候決定放棄，就永遠沒有實現的一日了。失敗在畫地自限，也在自我放棄。

只要時時不忘心中的願望，願意向著夢想前行，孜孜矻矻，你的心願有多大，你的力量就有多大。只要你夠堅持，全世界都會幫助你。

所以，請勇敢前行，當你每向前走一步，就距離心願接近一分，日復一日，你終究可以美夢成真的。

那麼，為什麼要中途放棄呢？為什麼不堅持下去？

唯有堅持，心願才能成真。

夢想

你說：「我也很想要有夢想，可是我沒有。」

真的嗎？你是一個沒有夢想的人？

難道你對自己的人生沒有更高、更好的期待？你從來不曾想過要精益求精，有更大的要求嗎？

或者，你只是一個隨遇而安的人，務實而沒有其他？

我以為，或許，是你沒有更深入的想一想？

夢想，推動著我們走向更好、更美的未來。那是絕佳的動力、最好的燃料，讓夢想升空、起飛。不是嗎？

我相信，夢想正等待著你，只不知你何時去尋找它？

寫給世界的情書

世界太寬也太大了，而我如此渺小，要不自慚形穢也難。

然而，我是努力的。

小蝦米無法對抗大鯨魚，這個道理我懂。我只是盡一己之力，做自己能做的，而且努力做到最好。我從來不曾冀望出類拔萃，但是希望能無忝所生。

每天天不亮我就開始工作，直到黑夜掩襲而至。我不敏，更要「人一己十」，勤勞奮勉，不敢言累。幾十年下來，或許也有小小的成果被看見，我哪裡敢志得意滿呢？還是要懷著謙卑的心，督促自己奮力向前。

「功不唐捐」，從來就是我的座右銘。

是的，世界很大我很小，我從來都明白。我也相信，人的肉體可能軟弱，意志卻是堅定的。

每天我邁著小小的步伐，走在夢想的路上，我允諾自己：總有一天，憑著這樣的努力，我也能走到天涯海角，讓夢想成真。

孤寂

天空蔚藍，如寬廣無邊的海洋。

有白雲或載浮載沉，或優游而過，那是一首寫在天上的詩，你讀到了嗎？都讀懂了嗎？

陽光下，但見花朵巧笑，有林木蓊鬱，大地的壯闊和美麗，讓人一見傾心，再見更是難忘。

這時，只有椅子是孤寂的吧，它在等待著誰的光臨？

這樣的等待，這樣長長的等待，會不會也是一場空呢？

難怪它的周遭，連它自己，都寫滿了孤寂。

想開，就沒事了

想開，就沒事了。的確是這樣。

可是，真要想得開，有多麼的不容易。這也考驗著我們的智慧。

我也知道：「事情是眾緣和合而成，既然是眾多因緣，就不可能事事都如自己所願。把握發心及整體善業，不必在細節上過多執著，凡事以盡心為有功。」

世上稱心如意，幾家能夠？可是知道了，就真能做到嗎？還是不簡單的。

總要經過許多的離合悲歡，直到心乏了，倦了，再也不起漣漪。於是，不再計較，怎麼說怎麼好，終於，就放下了。

時間是我們的導師，對我們多有教誨。時間也是我們的敵人，當日子如飛的逝去，我們消磨了壯志，也豎起了白旗。

人生的這一遭也只是一場旅行，終究會走到終點的。誰能倖免呢？

隱藏的祝福

有些祝福是明白的，讓我們歡喜接受；有些祝福則是隱藏的，要到事過境遷，我們方才了然於心。

有時候，我們沒有信心，是由於經歷太少、磨練不足。我們要學會對許多事情都能平靜接受，因為，我們不是得到就是學到，怎麼說都是收穫。當然，應該歡欣面對，而不是怨天尤人。每一件事情的發生都有上天的旨意，也許是讓我們多有學習，以承擔重責大任；也許是將我們納在一個更大更重要的計畫中，又哪裡是眼前我們所能知曉的呢？

如果，蓮花可以出汙泥而不染，那麼，對蓮花而言，汙泥不是詛咒，而是祝福；如果，蝴蝶能破蛹而翩然起舞，對蝴蝶而言，蛹不是阻力，而是助力。

所以生命中，所有的困難和阻礙，不也都是一種隱藏的祝福嗎？

水的力量

老子說：「上善若水」，又說：「柔弱生之徒。」

意思是，溫柔如水，才能發揮更大的作用，柔弱甚至勝過剛強。

與其我們冀望改變別人，那麼不如先從自己改變開始。只要心念能轉，何人不能忍讓，何物不能包容？

許多人講究修行，其實，也就在修自己的心。「有容乃大」，內心的包容愈是寬廣，所得的快樂也就愈多。

在我們的一生裡，所遭遇的人事物，其實是非常多的。我們有時順遂，有時困頓，就像音符的高低起伏，不可能事事如意。遇到困難時，要學習面對，勇於承擔。如果硬碰硬，只會兩敗俱傷，所以放下身段，學習柔軟，內心才會有力量。仔細想想，寂靜如水，才能船過水無痕；若是冰塊，只怕就要冰碎船沉。

那麼，就讓自己跟水學習吧，學習它的謙卑、溫柔、堅持，於是，無堅不摧、所向

披靡。
水的力量，無可想像。

高山與低谷

我們的人生是由許多的日子連綴而成。

日子不可能永遠平順，有時候我們宛如攀爬高山，步步驚險，卻也看到了更為壯闊的風景；有時候我們竟然陷落低谷，哀哀無告的心情，更難與人說。

光明與黑暗，得意與失意，人生的順逆，誰都無法逃躲。

然而，就像音符的高低起伏，方才譜就了美麗的樂章。

那麼，在我們的人生旅程中，必須歷經的高山與低谷，不也是尋常？只要踏實的度過，所有的艱難困苦都是歷練。走過坎坷，回贈給我們的，總是可貴的經驗。

順遂的日子帶給我們歡喜，惡劣的日子更給了我們深思。

走吧，走吧，走過高山與低谷，我們的人生將更為繽紛豐美。

如果走錯了路

如果走錯了路，怎麼辦呢？

沒有關係啊，就繞回正確的路上去吧。

不須懊惱，不必抱怨，說不定走錯了路，是上天給你的一個小禮物，讓你因著一個特別的機緣，認識不同的人，見到更美的風景。

人生的路如此紛歧，有的路精準，直達目標，最是幸運，真是快意平生。有的路，柳暗花明又一村。還算好的，有一個美好的結局。有的路坎坷不平，披荊斬棘，彷彿看不到前景，歷經千辛萬苦，終於走向坦途。有的路，一開始就錯了路頭，離正道越遠，越是令人沮喪……

先冷靜下來，再重新選擇，膽要大，心要細，終究可以找回正確的路。

不要灰心絕望，詛咒、痛恨、惡言相向，又有什麼用處呢？

日後回想，即使走錯了路，能遇到一個和氣的人，邂逅一朵迷人的花，還看到了更

多的山水。這難道不是上天給你的禮物嗎？
我以為，如果走錯了路，只要願意改正，其中也會有上天的祝福。

生活音符

生活就像高低起伏的音符，譜就了不同的樂章。

的確，尋常生活不可能會是我們想像中的美好；然而，我也願意相信，它也不至於太糟。

需要提醒自己的是，處在順境時，務必要珍惜，因為這樣的幸運不可能永久長留。處在逆境時，更要加倍努力，不信世上會有過不了的關卡。

我總是這樣走著自己的人生路，不會有飛黃騰達，然而平安快樂，一如我心中的嚮往。我明白，其中仍有上天的恩典，這也讓我時時心懷感激。

生活不免高低起伏，這是常態，請學會接納。如此，才能保有心情的平靜，而平靜是福。

想一想，是音符的高低起伏，才譜就了樂章的迷人。為什麼我們卻要求生活中沒有波折，只有一帆風順呢？

請接受一切的試煉，無論好與不好，都是珍貴的。
生活中，每一件微小事物都像一個個的音符，有高有低，歌詠了屬於我的人生。

賞心樂事

在我，閱讀是賞心樂事。

有什麼能比一本好書在手，更讓人歡喜的呢？

我喜歡讀散文，彷彿直窺作家的心靈和生活，無可遮掩，如晤故人，雖然在現實裡，我們不曾相識，至少他對我是全然陌生的。我愛讀詩，跟著美好的文字走，晶瑩剔透，字字入心，引發了我的共鳴，讓我的內在世界提升到更高更美的境界。我也喜歡讀小說，推理的、歷史的、奇幻的、愛情的……彷彿是更換了身分、職業、甚至性別、個性與年齡，在現實的生活中我只能過一種人生，透過閱讀，因著角色的融入，我好似擁有了迥然不同的多樣人生，太有趣了，這哪裡是我事前所能預測得到的呢？

我的想像被開啟，心靈的翅膀帶著我四處飛翔。

閱讀，是我喜歡的，而且樂此不疲。

我無法一一指陳閱讀的好處，然而，書一直是我的好朋友，透過閱讀，我有了一個

更豐美的內在世界。即使一襲布衣置身在衣香鬢影之間，我也從不覺得一己卑微；何況，靠著閱讀，好書的陪伴，我常得以平安涉渡人生的諸多風霜雨雪和種種困境。

讓我們一起來讀好書吧。

九歌文庫 1284

我的心，停在最想念的時光

作者	琹涵
繪者	蘇力卡
責任編輯	張晶惠
創辦人	蔡文甫
發行人	蔡澤玉
出版發行	九歌出版社有限公司 臺北市105八德路3段12巷57弄40號 電話／02-25776564・傳真／02-25789205 郵政劃撥／0112295-1
九歌文學網	www.chiuko.com.tw
印刷	前進彩藝有限公司
法律顧問	龍躍天律師・蕭雄淋律師・董安丹律師
初版	2018年5月
定價	280元

書號	F1284
ISBN	978-986-450-186-1

（缺頁、破損或裝訂錯誤，請寄回本公司更換）

國家圖書館出版品預行編目資料

我的心，停在最想念的時光 / 琹涵著. --
初版. -- 臺北市 : 九歌, 2018.05
面；　公分. -- (九歌文庫 ; 1284)
ISBN 978-986-450-186-1 (平裝)

855　　107004739